W0406443

COLLECTION FOLIO

Catherine Paysan

Nous autres, les Sanchez

Denoël

© *Éditions Denoël, 1961.*

Catherine Paysan est née à Aulaines, dans la Sarthe, d'un père gendarme et d'une mère institutrice d'école mixte de campagne. Elle-même, parallèlement à une carrière d'enseignante, a mené une carrière d'écrivain à partir de 1961.

Elle a publié, outre ce roman, Histoire d'une salamandre, *qu'elle vient d'adapter en collaboration pour la Télévision française,* Je m'appelle Jéricho, *dont un film* (Ce sacré grand-père) *a été tiré avec Michel Simon et Marie Dubois,* Les Feux de la chandeleur *qui ont obtenu le Prix des Libraires de France et ont été portés à l'écran avec Annie Girardot el Jean Rochefort,* Comme l'or d'un anneau, *Prix Sully, Olivier de Serres, etc.*

Mais, au-delà des récompenses officielles venues peu à peu sanctionner son talent, ce qui importe, comme l'a écrit Robert Kanters, c'est que les « vrais lecteurs » ont compris et apprécié les premiers son message : « Une voix leur parlait d'autrefois et d'aujourd'hui, non pour les opposer, mais pour marquer une continuité, effective et intelligente, des hommes d'ici et des hommes d'ailleurs, pour jeter un pont entre eux, et leur parlait de l'amour comme d'une chose saine et forte : ils ont écouté. »

I

Notre père et notre mère s'aimaient avec passion.

Aussi les années que nous passâmes auprès d'eux, ma sœur, son frère jumeau et moi, sous le toit familial, depuis notre naissance jusqu'à notre âge d'homme, furent des années de vie exceptionnelle.

Il fallut que j'atteignisse huit ans pour prendre une sorte de conscience, naturellement confuse, mais déjà chaleureuse et tenace d'un état d'existence peu commun.

L'occasion qui me fut pour la première fois donnée d'en frémir et de m'en émouvoir, fut celle d'un dimanche d'août torride, si rare dans les régions d'ouest poreuses, lubrifiées par les souffles iodés de la mer, jour solennel où, suffisamment mûri, je pus lire dans le regard des autres, y mesurer leur étonnement.

Nous avions poussé jusqu'au chef-lieu pour assister à un spectacle de cirque.

Je nous revois encore, sortant de dessous la

tente, la représentation terminée, sur la place blanche de soleil comme un fer chauffé. Une population honnête se répandait avec nous, par petits paquets, familles agglomérées comme des mouches, battant la poussière d'un soulier puant de sueur.

Les gens oubliaient de se hâter vers l'ombre et la bière, occupés qu'ils étaient à nous dévisager.

Père supportait l'examen et ne cillait pas. Il admirait le bleu du ciel, sa matité intense, « un ciel à couper au couteau », comme il disait... Son calme d'artiste était sans faille, royal; celui de notre mère était voulu, concentré, raidi : c'était une femme généreuse, intelligente mais sans génie créateur, aussi ressentait-elle le dépaysement de notre groupe avec une acuité un peu maladive, effrayée...

Voyant les yeux braqués sur eux, je les regardai à mon tour, et je sus qu'ils étaient singuliers, qu'ils étaient vrais, qu'ils étaient beaux...

Certitude nouvelle et troublante qui m'échauffa la tête et le sang, fit de moi, dès cette seconde, un être responsable, porteur de secrets, et fier...

Maman se tenait toute droite, les épaules nues, dans une robe rouge à volants plissés de style espagnol. Son mari, Pepito, l'avait surnommée la robe d'offrande et bien entendu, nous leurs enfants, nous ne l'appelions pas autrement... Maman me disait : « Carlos, va chercher la robe d'offrande. » Je me précipitais vers la penderie, je bousculais le tailleur, le manteau d'hiver, le corsage de dentelle, la robe de moire, celle en soie jaune qui tombait toute seule et sans bruit sur les souliers bourrés de papier, et j'atteignais la robe d'offrande. Je descendais l'escalier en la portant en travers de mes bras, ses deux volants de jupe s'élargissant en éventail sur mon flanc gauche; c'était une toilette extraordinaire; je ressentais toute l'importance de son parfum, de sa forme, de sa couleur, dans la vie de notre maison...

Maman était de souche normande. Elle avait une épaisse chevelure claire qu'elle coiffait en chignon et portait droit sur le front les jours de soleil (ce qui faisait encore ressortir ses pommettes saillantes, sa bouche longue, son port de tête altier), un chapeau de paille à bords larges et calotte fendue, orné d'un ruban noir, et qui venait tout droit du Mexique, comme celui de notre père. Maria-Louisa s'accrochait à sa jupe en riant. C'était une belle petite fille très grasse, à lèvres pulpeuses; coiffée elle aussi d'un chignon haut monté, retenu par des épingles, elle montrait, sous sa jupe bariolée, deux cuisses brunes et dodues de petite quarteronne. Ses yeux incisifs et ronds suivaient les gestes de sa mère avec l'attention et le ravissement coutumiers.

Maman, belle, blanche et rouge, robuste et hardie comme un pilier, parlait au-dessus de nos têtes avec son mari sans vraiment nous voir. Nous vivions dans l'ombre de leur rayonnement solaire.

Papa était mexicain et peintre.

Avant d'épouser notre mère, Amaryllis Monceau, il avait vécu hors du temps, des normes, de la tendresse. C'était un homme d'origine mi-aztèque, mi-hispanique, à profil plat, aux cheveux frisés qu'il faisait régulièrement tondre, à la moustache longue et tombante. Ses yeux noirs, toujours brûlants (notre mère disait : « Tes beaux yeux de criminel incendiaire », et nous les lui embrassions aussitôt, maman la dernière, plus longuement, plus savamment que nous), prenaient souvent une fixité hagarde, presque effrayante pour qui n'aurait pas su qu'il était peintre.

Aux heures de repos, la clarté de ses pupilles était gaie, ironique. Il y avait aussi ce regard à la fois pesant, tendre, terriblement dominateur et humble en même temps dont il enveloppait notre mère à d'autres moments. Au dîner, le soir, nous regardions la main de notre père, posée paume ouverte sur la table, maculée de taches de peinture, et celle de notre mère, claire et rose, accrochée à ses doigts foncés de Sioux. Maman levait lentement sa face et disait : « Ça va, Pepito ? » d'une voix tremblante de créature piégée qui nous faisait tressaillir, car elle avait, d'ordinaire, un timbre précis, net et péremptoire, et nous la voyions aussi rougir brusquement et recoiffer, d'un geste tremblant, ses cheveux.

Nous nous taisions, subjugués.

Papa portait en toutes saisons, pour sortir, un pantalon de velours noir et une chemise orange, une teinte soigneusement choisie, d'un degré plus limpide que le cuivre de sa peau que la lumière d'été exacerbait, à la nuque, jusqu'à l'épaisse consistance de l'or. Ses orteils, mal équarris, sortaient de sandales de cuir ouvertes. Sa pipe en bois d'olivier, son expression futée, ses moustaches, le sac d'épiderme lisse dans lequel se meuvent les gens du Sud, qui les enferme à la manière d'un moule étroit, ciselé aux jointures, le faisaient très exactement ressembler à l'un de ces splendides phoques que nous avions vus sur la piste, tenant haut, sur le museau dressé, des ballons écarlates.

Nous venions de passer trois heures excitantes à souhait. Nous sortions de dessous le chapiteau, le sang fourmillant au bout des doigts, les reins chauds, animés au paroxysme par le plaisir des yeux comme de jeunes bêtes saoules.

Père, un carton à dessin sur les genoux, un

fusain entre les doigts, avait tenté à une vitesse prodigieuse, le visage assombri par l'effort, ses yeux bruns virant au noir de jais, de fixer, sous les grimaces fugitives d'un bouffon chapeauté d'azur et d'étoiles, dans le raidissement d'un cheval debout sur ses jarrets tremblants, je ne sais quelle vérité douloureuse qui le faisait, lui, nous oublier. Je le regardais de profil, penché en avant, happé me semblait-il par le vide, les traits durcis, et je l'adorais dans un grand silence... A peine osais-je respirer. Mon regard découvrait à ma gauche, noir sur le papier blanc, en un coup de crayon énorme, écrasant, lui balafrant les tempes, le rictus d'un Auguste. Je frissonnais...

Mère, extasiée, poussait de petits cris de joie aux grâces savamment empêtrées des clowns scintillants; nous autres trépignions de contentement. Roberto voulut enjamber son siège et reçut un magistral coup de chapeau de paille sur les fesses. Maria-Louisa, sur les genoux de notre mère, triturait son collier de perles jaunes et bavait d'enthousiasme. J'étais électrisé.

On nous considérait, massés les uns contre les autres, sur cette place. Nous propagions autour de nous, à l'approche du coucher du soleil, une ombre massive, ronde, à la manière d'une tour, qui nous isolait du reste du monde. Notre mère avait osé, avec une volonté passionnée, sur le sol même de ses ancêtres, en pleine campagne d'Occident, donner son cœur et sa chair à notre père; ainsi avaient-ils fondé tous deux une nouvelle race, métissage que certains jugeaient, sinon antinaturel, du moins absurde... Cependant nous étions nés... vivaces, ardents, et nous réduisions au silence, par notre santé, notre gentillesse, notre bonne volonté, les méchants discours de la défiance...

Nous entrâmes dans une brasserie...

Maman, les yeux las, fumait une cigarette. Père, le chapeau rejeté en arrière, « rigolait », selon sa propre expression, de l'étonnement des autres à nous voir. Notre mère avait de la fierté. Elle nous élevait avec une grande fermeté. Elle nous avait appris à nous tenir comme il faut...; enfants heureux mais non point gâtés car chez nous l'argent était rare, nous nous épanouissions à nous sentir les reins calés sur le dossier des chaises de café en rotin. Assis bien droits sur nos sièges, proprement vêtus de culottes blanches fraîchement lavées et de chemisettes, nous ne disions mot. Nos têtes intensément brunes d'enfants policés, attentifs à lui faire honneur, dévoraient des yeux le ciel, les maisons, les voitures, la masse lumineuse d'or liquide d'une bière servie dans des chopes si lourdes que nous devions les saisir à deux mains... Que la saveur du breuvage fût plus amère que douce, peu agréable à nos jeunes palais amoureux de sucre et de confiture à la groseille, importait peu... Nous sentions que cette bière était une boisson sacrée... Notre mère, avant de prendre place à la terrasse, avait tiré son mari par la manche, rougi légèrement, esquissé une moue enfantine pour suggérer : « Pepito, si tu nous offrais un demi... » Il avait ri avec gratitude...

Alors que nous vivions sur le salaire de notre maman, car papa ne gagnait que des sommes irrégulières, elle s'adressait toujours à lui pour les dépenses, comme s'il eût pourvu aux besoins du ménage. Elle lui demandait la permission d'acheter et elle le faisait avec la grâce, la timidité, la coquetterie d'une épouse qui dépend de son mari..., tant elle l'aimait, désirait qu'il se sentît son maître.

Elle disait, devant un manteau usé jusqu'à la corde : « Mon cœur, veux-tu, s'il te plaît, consentir à m'acheter une jaquette neuve ? » Papa regardait le vêtement humble, élimé, puis sa chère femme Amaryllis, et il la serrait contre lui avec emportement. Quelques jours plus tard, il allait à la ville, rapportait un tissu qu'il avait choisi mais qu'elle avait payé de ses propres deniers, péniblement, cent francs par cent francs, mois par mois...

Au crépuscule, il rentrait en coup de vent, son sombrero enfoncé jusqu'aux oreilles, ordonnait : « Assieds-toi, femme, et regarde... » Il se tournait vers nous, tassés contre elle, les yeux écarquillés, avides, soulevés d'émotion... « Qu'on aille me chercher un couteau, le plus grand, que je fasse sauter cette ficelle... Ce n'est pas un vêtement en lainage ordinaire qu'elle aura, votre mère, c'est un tissu précieux, aussi chaud, aussi velouté que celui dont on fait la cape de la « Reine Maranana »...

J'allais chercher, dans le tiroir de la cuisine, notre vieux couteau de boucher avec lequel Père hachait la viande et préparait les farces.

L'étoffe jaillissait alors du papier gris. C'était une vague rouge, ou verte, toujours ardente de couleur, brûlante aux yeux, vivante...

Maman souriait, les mains jointes, émerveillée. Elle se levait. Pepito drapait sur elle la ratine souple, nous nous placions derrière son dos et, tenant l'extrémité de l'étoffe comme une traîne, lui servant de pages, nous sortions dans la cour, remontions l'allée du jardin en chantant solennellement, au chat et aux poules, sur l'air des lampions :

Voyez le beau manteau
Voyez le beau cadeau...

et durant une semaine, nous nous rengorgions entre nous de tant de magnificence et vantions aux galopins du pays la générosité et le goût de notre père.

Ma petite sœur Maria-Louisa était déjà femme, sa bonne nature ne la préservait pas tout à fait d'éprouver quelque vanité. La voyant sournoisement retrousser sa jupe pour qu'on aperçût son jupon orné d'une petite dentelle, je lui fis les gros yeux et lui pinçai le mollet. J'entendais que rien ne troublât la rêverie apaisée de mes parents, honorablement attablés à une terrasse de grand café. J'étais, comme toujours, terriblement attentif à leurs paroles :

« Tu m'aimes, Amaryllis? avait interrogé brusquement Pepito en saisissant d'une main sa chope et, de l'autre, la saignée du coude de sa femme.

— Oui, je t'aime. » Elle n'avait pas bougé, mais une langueur amoureuse avait foncé ses yeux clairs.

« Bien sûr, avait-il continué, poursuivant une pensée subtile et sans doute douloureuse.. J'ai une gueule impossible pour les gens d'ici... Un jour que j'étais fauché (j'étais allé peindre à Monaco) j'ai fait du stop; personne n'a voulu me prendre en charge : une vraie figure de métèque! Amaryllis, dis-moi que tu me trouves beau... »

Mère avait souri à ce visage jeune et sauvage, marqué par les passions, à ces traits prisonniers de leur sensualité crue, mais solennisés par l'intelligence. Elle avait dit :

« Tu sais que tu es mon soleil. »

Et lui, sans doute de bonheur, avait vidé d'un coup tout le contenu de son verre...

« Comme il fait chaud, avais-je hasardé pour être admis dans leur conversation.

— Presque aussi chaud qu'au Mexique, Carlos. C'est une bonne chaleur, vois-tu, et rare ici. Un jour, nous irons en Amérique, quand je serai célèbre; nous voyagerons à cheval, j'achèterai une grande ferme, ta maman traira les vaches, pendant que je les peindrai. »

Il cligna de l'œil. Il n'y croyait pas. Quant à elle, éclatant de rire, sa tête s'en vint buter contre l'épaule de Pepito qui l'y retint. Je me blottis contre eux.

Je ne comprenais pas pourquoi le grand artiste qu'était mon papa vendait si difficilement ses toiles. Si jeune que je fusse, je m'enthousiasmais à le regarder peindre. Chacune de ses créations me paraissait un chef-d'œuvre. En particulier, je contemplais de longs instants ce tableau où ma mère avait servi de modèle. C'était une femme revêtue d'un collant de danseuse, assise, les jambes croisées, très droite, les mains posées sur ses seins ronds. Père dessinait admirablement. Le galbe des cuisses s'épanouissait sous elle comme deux lianes bleues; tout le corps était moulé dans cette douceur circulaire et comme spirituelle qui faisait le charme d'Amaryllis. Maman avait un visage grave et pensif. Il avait fallu tout l'amour de Pepito pour recréer, à travers l'émoi charnel, ce climat de pensée intense, de vie spirituelle, qui la caractérisait jusque dans ses élans les plus instinctifs, le don qu'elle lui faisait d'elle-même jusque dans ses colères les plus retentissantes. Le tableau s'appelait « Ma citadelle »; il était le plus bel ornement de la salle à manger. Souvent, Papa caressait cette toile, sans rien dire, comme s'il eût cherché ma mère et se fût cherché lui-même au-delà.

Le soir peu à peu descendant, le ciel s'estompa derrière un arbre et ne fut plus qu'une tache d'ocre pâle.

« Regardez, enfants, dit notre mère, c'est votre père qui a éclaboussé le ciel avec son pinceau. »

Nous en fûmes immédiatement convaincus, enivrés... Aussi fut-ce d'un train quasi majestueux que nous regagnâmes la place, pour monter dans le side-car familial. Père souleva Maria-Louisa dans ses bras pour la caler sur le siège.

« Dieu, s'exclama-t-il, ta fille, Amaryllis, a des fesses ravissantes, rondes comme des pommes; c'est tout le portrait de sa mère, quelle merveille!... »

Il la tint une seconde entre ses paumes, chaud de fierté.

Je sentis Maman déjà installée à califourchon sur le siège arrière de la moto, une écharpe nouée autour du cou, le chapeau solidement maintenu par une jugulaire, me serrer fort contre elle à ces mots, et j'eus tout le frémissement de son corps le long de mes reins d'enfant.

Nous partîmes dans un bruit de ferraille, un halètement de gaz évacués, une cacophonie grandiose à notre mesure. A califourchon entre mes parents, me maintenant à la taille de mon père, je jouissais d'une place de choix dans leur mutuelle chaleur. Les jumeaux, attachés par des sangles dans le car, battaient des mains.

Après la sortie de la ville, l'humidité du soir nous mordait délicieusement le visage, les épaules et les bras.

Nous avancions ce soir-là entre ciel et terre, encore soulevés par les sortilèges du spectacle. Il me sembla que le lièvre fuyant vers le talus à trente mètres devant nous jaillissait hors du turban d'un fakir dissimulé dans les futaies. Dans les nuages, progressait la masse grise et rouge des éléphants dressés. Je levais la tête pour mieux les voir et je me racontais une histoire. Les éléphants du cirque Amar s'étaient envolés..., on ne les rattraperait plus jamais..., ils se tiendraient désormais dans le ciel, bougeant à peine, menaçant de leur poids le toit des fermes..., s'il en tombait un dans notre cour, nous aurions sûrement le temps de sortir un matelas de la maison pour amortir sa chute..., nous l'installerions dans le jardin près du poulailler, nous irions aux pissenlits et aux chaumes pour le nourrir..., nous l'appellerions Totor et je promènerais Maman et les jumeaux sur son dos le jeudi, Papa nous peindrait en ce bel équipage et comme d'autres vont à leurs affaires à bicyclette, nous irions « en éléphant »...

Nous dûmes nous arrêter en chemin devant un troupeau d'oies... Père s'amusait follement. Je le voyais de dos : il maintenait la machine au point mort, elle ne bougeait plus, mais demeurait sur place, vibrante, vaguement nerveuse, prête à foncer de nouveau. Papa sifflait, détendu, narquois. Devant nous passèrent à la queue leu leu les femelles lourdes et dignes, sur les talons de leurs jars...

Image classique, défilé de bêtes blanches sur un fond de verdure intense et de cailloux gris, image si belle parce que si pareille à celle des livres de lecture, et qui nous ravissait... car souvent l'homme connaît d'abord la nature entre quatre murs, dans les albums, et quand il la retrouve devant lui, si elle tient toutes les promesses du livre, c'est alors qu'il est heureux.

Quand elles eurent disparu, grains de riz géants dispersés autour d'une mare, nous repartîmes. A la maison, nous attendait un plat de méchoui cuisiné le matin par notre père, et une compote de pommes du verger de nos grands-parents.

A l'entrée du village, nous croisâmes le maire. Dès qu'elle l'aperçut de loin, notre mère recommanda :

« Enfants, dites bonjour surtout. »

Pepito ralentit...

Maria-Louisa, Roberto et moi, selon des préceptes rigoureusement inculqués d'une technique du salut profond, tendîmes d'abord le cou vers le haut pour prendre notre élan, afin que le plongeon de notre nuque fût mieux remarqué par les yeux attentifs et futés du paysan en casquette qui rentrait chez lui, tirant son boulonnais pommelé, au regard exotique voilé par la crinière beige. Maman fit des grâces avec sa bouche, la releva d'un sourire frivole, et notre père leva sa main d'argile rouge qui fit tache, obstrua une seconde le cuivre de l'air crépusculaire.

La barrière de notre cour était restée ouverte. Nous rentrions chez nous en douceur; le moteur s'éteignit. Nous nous étirâmes. Il fallait dîner. Nous pénétrâmes enfin dans l'appartement de la maison d'école — car notre mère était institutrice, elle dirigeait l'école publique mixte de l'endroit, ce qui lui donnait beaucoup de travail et de soucis. C'était la plus laborieuse et la plus aimante des femmes que j'aie jamais connue.

II

Il y avait à l'école une cloche qui, chaque matin, appelait les enfants vers huit heures quinze. Père s'était levé le premier; son regard fouillait l'aube, guettant l'apparition du soleil, de cette lumière du monde dont ses yeux de peintre ne seraient jamais rassasiés. Dans la chaleur de nos lits, nous l'écoutions siffler quand il descendait les marches de l'étage. Ses pieds nus, l'été, faisaient le flic-flac de l'eau; sa voix rauque et retenue, insuffisamment timbrée, psalmodiait des chansons mexicaines; nous entendions alors l'appel de notre mère :

« Enfants, venez me dire bonjour. »

Dès que nous avions su marcher, elle n'était plus venue nous éveiller, c'était nous qui volions vers elle.

Père laissait les rideaux fermés, car elle aimait l'ombre et le repos. Elle avait habituellement des journées très lourdes. Si elle faisait la classe, c'était aussi pour pouvoir nous nourrir, tous. Chaque fois que Pepito allait à Paris et réussissait à vendre une toile, c'était fête à la maison. On nous achetait, avec l'argent gagné par lui, des vêtements neufs et du linge, et nous réussissions à payer une femme de ménage une fois la semaine. Notre mère possédait, d'avant son mariage, un splendide et large lit de merisier en forme de bateau, qu'elle partageait avec son mari depuis dix années. Les tentures citron étaient légèrement écartées. A travers cette fente, le soleil du matin plaquait une barre de lumière verticale couleur de miel... « Oh! ce soleil dans ta chambre, Carissima, disait Pepito, on en mangerait... »

Un rayon éclairait aussi, juste à la hauteur du ventre, comme un nombril lumineux, un portrait en pied de notre mère. Il datait de six ans, lorsqu'elle attendait les jumeaux. Elle portait une chemise de nuit bleu pâle, dont la matière savamment travaillée était presque blanche et comme nacrée autour de l'abdomen gonflé. Ses cheveux tombaient raides. Elle regardait, de toute la tendresse de ses yeux cernés, une petite fleur rouge qu'elle tenait serrée contre elle...

Nous entrions avec une bouffée de bonheur dans ce sanctuaire de nos dieux..., tout le mystère profond de la vie tenait entre ces quatre murs...

Maman, couchée au milieu du lit, feignait de dormir.

Il fallait observer toujours le même rite. On s'agenouillait autour d'elle sur l'édredon et l'on murmurait par trois fois, pas bien fort : « Couic, couic, couic... » Elle tenait les yeux fermés, répondait : « Couac, couac, couac », et nous nous abattions sur elle, à la recherche de sa chaleur, de ses cheveux défaits, de la mollesse de son corps de soie. Il allait être sept heures... Père nous retrouvait tous quatre au lit, petits animaux abrutis de sommeil, à détente de chats, à roucoulement d'oiseaux, fous, battant l'air à coups de gifles roses des pieds et des bras.

Je m'asseyais derrière le dos de Mère sur son oreiller et je brossais ses cheveux; Maria-Louisa tenait la serviette de toilette à cause des pellicules... Roberto lui faisait les ongles avec une petite lime d'acier...

« Je te salue, ô Reine », lançait notre père, un plateau à la main, son torse foncé nu, les reins drapés dans une jupe à fleurs et le cou orné du collier de perles jaunes de sa femme.

Elle se dressait de tout son buste clair, tandis que je resserrais son chignon dans une espèce de voilette.

« Je te salue, ô mon Roi, me voici dans la gloire de cette aube avec les enfants que je t'ai donnés et qui seront la gloire de notre race.

— Un peu d'humilité, ô femme, rentre sous ta tente. Laisse-moi parler à mon fils premier-né. Carlos, mon fils, écoute..., écoute ton père le grand chef, la vie est grande pour qui garde le respect des ancêtres et l'éternité revient aux braves et aux laborieux. »

Je levais la brosse au-dessus de la tête de Maman effondrée. Je clamais :

« Fais confiance à ton fils, ô mon Père vénérable; je vis encore avec les femmes » — et je désignais ma mère et ma sœur, d'un geste qui se voulait méprisant — « mais quand les dieux auront mis en moi assez de leur force et de leur vertu, je saurai t'honorer aux yeux de toute la tribu...

— Et vous, ô mes enfants en bas âge? »

D'une voix claire et nette, les jumeaux débitaient la leçon apprise :

« Nous sommes les fruits les plus doux de ta maturité, ô Père, et nous serons la protection de tes vieux jours... »

Ce sketch avait été entièrement réalisé par notre mère et joué pour la première fois devant nos grands-parents ahuris, au dessert du dimanche, en hommage à son mari Pepito qu'elle aimait et voulait voir glorifié...

Le café au lait lapé et les tartines englouties, nos parents nous plongeaient jusqu'aux reins dans des bassines de terre. Père lavait les jumeaux, Maman s'occupait de ma toilette. Le savon parfumé à la rose, l'eau cravachante, réveillaient sans ménagement nos corps; parfois, une éponge lâchée tombait au sol avec un bruit mou, un glougloutement de gosier ivre. Nous chantions :

« Petits oiseaux qui m'écoutez, c'est pour vous que je chante... »

La main impérative de Maman faisait plier ma nuque mouillée et, comme elle se penchait vers moi, chaque fois que c'était possible je plongeais mon nez camus dans l'entrebâillement de sa chemise et j'embrassais sa gorge... Elle savait comme nous l'aimions. Elle exerçait sur nos imaginations un tel ascendant, il y avait tant de majesté naturelle jusque dans la retombée de ses vêtements sur son corps royal, dans l'autorité frémissante de sa voix, tant de vérité, qu'aucun des gestes les plus ordinaires de la vie n'entamait notre respect, notre sens de l'obéissance, notre chaleureuse gratitude.

Avant une journée de tension nerveuse, elle fumait une cigarette. Nous la mettions dans la bouche de Père qui l'allumait. Il aspirait une large bouffée, nous voyions la fumée sortir lente, tortueuse de ses narines fortes. Il retroussait les lèvres, montrait ses dents irrégulières et finalement, précautionneux, il portait la cigarette à la bouche de sa femme; il se balançait un moment le long d'elle, elle lui lançait la fumée dans les cheveux, cherchant le lobe bosselé de ses oreilles foncées, attardant des baisers sur sa nuque, hasard ardemment calculé qui le laissait, lui, cerné d'une vapeur suffocante de tabac et de chair extasiée... Elle l'abandonnait au seuil de la porte, livré à la cuisine et au démon des couleurs. Le cœur incertain, il la suivait des yeux, amoureux à en perdre la tête. Nous tenant par la main, elle traversait la cour pour atteindre la classe et là, face à la rue d'où surgissaient les jeunes enfants, elle ne le regardait plus ; mais elle était restée tout entière auprès de lui, corps et âme. Cela se devinait à son port de tête trop tendu, dans le raidissement des muscles de sa mâchoire inférieure, la rigidité calculée d'un chignon qui allait bientôt s'affaisser sur ses épaules et que nous rattraperions au hasard durant la classe, en le remontant avec les épingles tombées autour d'elle, dans ce magnifique éclat de rire qui la saisirait au beau milieu de son travail.

Elle articulait d'une voix nette, unie à force d'être lointaine, prisonnière encore de sa nuit avec Pepito :

« Enfants, mettez-vous en rang. »

Nous passions tous devant elle, le front incliné, le cartable en main, confusément heureux et angoissés. Tous nos matins étaient pareils dans ce calme que nous connaissions, prélude à des efforts démesurés, des tempêtes de rires, des colères jupitériennes. Elle était notre source de vie, le pôle ardent d'une réalité chaotique, travail et rêve, humaine, humaine tragédie.

Peu à peu, ses gestes devenaient moins gourds, ses yeux nous voyaient enfin pour de bon. Elle se laissait posséder par les quarante-cinq enfants dont elle était chargée... Elle regardait intensément, avec une tendresse narquoise, une petite maladroitement coiffée, au visage rond surmonté d'un ruban énorme, et s'extasiait :

« Ah, le beau moulin bleu... »

L'enfant cachait sa figure dans ses mains pour qu'on ne vît pas la coloration excessive de son plaisir. Alors, Maman commençait autour de nous cette ronde sempiternelle et policière qui nous faisait courber l'échine, savourant par avance, dans un frisson de souffrance voluptueuse, la qualité des phrases abruptes dont elle nous giflait la nuque au passage...

« Monsieur Bastien, regardez vos ongles, vous êtes en deuil? et puis, il y a quelqu'un ici qui sent mauvais..., j'ai pourtant dit qu'il faut se laver en entier, vous entendez, en entier..., et ne pas oublier son derrière, surtout. Être beau, c'est être propre; même les petites bêtes se lèchent pour faire leur toilette. »

Campée devant nous, elle levait les bras. L'éclair d'une bague hypnotisait nos regards, solennisant la blancheur de ses doigts écartés comme des frondaisons, repoussant l'air autour d'elle pour se faire une place vierge de toute substance malodorante.

« Regardez-moi, est-ce que je suis sale? Est-ce que je sens mauvais? »

Nous ne bougions plus, médusés, les yeux sortis de nos têtes.

« Calcul pour les petits! annonçait-elle d'un timbre majestueux. Opérations pour les grands. »

Il fallait s'affairer à sortir des bûchettes. Des divisions « avec ou sans virgules » ornaient le tableau noir, austères énigmes à résoudre.

On marmottait tout bas : « 5 fois 9 font 45, 45 ôté de 47, reste 2...

« Doudou compte les caïmans au bord de la rivière, clamait Maman. Il voit une dizaine de bébés caïmans et deux mamans caïmans; cela fait combien de vilaines bêtes en tout? »

Nous, du cours élémentaire, nous levions le nez, attirés par cette passionnante chasse exotique : les petits avaient le grand frisson en calculant que cela faisait douze... Pour corser le tout, elle ajoutait :

« ... et Doudou en tue deux. Combien me reste-t-il de caïmans vivants? »

Elle jubilait, nous jubilions... Mais gare à qui ne savait pas compter les crocodiles, leurs œufs fraîchement pondus, les plumes de la queue de mon coq, les assiettes de ma grand-mère, les fraises du père Gardeau et les berlingots de l'épicière... Le visage d'Amaryllis changeait de couleur; elle nous prévenait :

« J'éclate, je vais éclater, je ne peux plus supporter cela. »

Coléreuse comme elle était, fatiguée, souvent à court d'argent, elle avait pris l'habitude de se libérer les nerfs par des attitudes et des exclamations dont elle percevait distinctement la bouffonnerie... Elle observait alors les traits de sa souffrance exaspérée jusqu'à la grimace, l'excès de ses débordements, son déséquilibre musculaire, devant un miroir invisible qui lui renvoyait, pour la consoler, son image grotesque ou noblement prophétique... Elle percevait la farce dissimulée au sein des plus tragiques douleurs et la profonde tristesse de certains sourires légers. Elle participait à son propre jeu en même temps que nous, qui étions alors au spectacle, effrayés certes, mais jamais désespérés, comme au théâtre... Elle prenait conscience alors du peu d'efficacité de ses efforts, de notre sottise ou de nos dons. C'était là son recours; notre mère ne savait, ne pouvait demeurer calme, habitée qu'elle était par de si grands problèmes, ceux de son amour et de sa fringale d'exister...

Qu'elle eût atteint les apparences de la sérénité, tout eût été plus grave, plus implacable; un jugement sévère, énoncé d'un ton tranquille, est une condamnation; les boutades de l'impatience laissent la porte ouverte à l'espoir.

Quand les choses allaient pour le mieux, elle s'attendrissait :

« Ah, les jolies petites bourriques roses... »

Il fallait d'abord savoir que « bourrique », en soi, n'insultait personne. C'était le synonyme familier (ponctué d'une caresse ou d'une tape) d'enfant, d'être bien-aimé, mais sans expérience, qui devait accepter celle de l'adulte.

La tendresse vigoureuse qu'elle nous témoignait nous maintenait naturellement dans les limites de la modestie qui convient au jeune âge.

Ce qui importait, ce pour quoi nous peinions, c'était de mériter notre ascension dans la hiérarchie des couleurs.

Détenir en fin de journée le titre de « bourrique bleue » était un diplôme de sagesse et de bonne volonté...! il semblait au contraire que les « bourriques vertes » (elle aimait pourtant le vert) témoignassent de pas mal d'indolence et de médiocrité générale; les « blanches » étaient les plus serviables, promptes à prêter la règle, à effacer le tableau noir; quant aux petits ânons gris, les vrais, les magnifiques, les « aussi parfaits que ceux des prés », ils ne faisaient pas de fautes dans leur dictée. Plus tard nous deviendrions poulains, ou même chevaux, en plein triomphe de l'évolution des espèces...

Aux récréations, nous négligions assez souvent le jeu pour nous tenir auprès d'elle. Elle avait toujours quelque chose à nous apprendre comme à son insu, jusque dans son immobilité, sans se rabaisser, statue colossale, érigée sous les tilleuls, se laissant toucher par tous, ne s'humiliant pour personne.

Sa voix était belle. Volontiers elle chantait du Schumann en allemand. Elle avait pris, étant jeune fille, quelques leçons de chant et possédait de cette langue assez de rudiments pour interpréter avec sentiment les poèmes de Heine, mis en musique; en particulier ce *Ich grolle nicht* que l'on traduit si mal en français par « J'ai pardonné », alors qu'il signifie : « Je suis sans rancune », ce qui n'est pas du tout la même nuance : confidence de la femme trahie à laquelle elle prêtait des accents déchirants, et que nous écoutions dans ces vocables inconnus, sans les comprendre, mais jeunes âmes infiniment réceptives à la seule tonalité, à cette exaltation qui la faisait se tenir, solennelle, un enfant accroché à sa jupe, lointaine et proche, nous ravissant le cœur et les sens comme une divinité.

On embrassait d'elle ce qu'on avait à sa portée : les mains, les poignets. Elle finissait par sourire, par rendre généreusement les caresses. En vérité, il n'y eut jamais entre elle et nous de frontières, même physiques. Cette femme autoritaire, qui nous faisait plier sous le joug de ses certitudes et de ses fiertés, qui refusait d'être notre proie, imposait une politesse stricte, nous contenait dans nos limites encore inférieures, fut notre complice plus que toute autre. Notre univers ne différait en rien du sien, mais elle le dominait, nous accueillait d'une poigne solide sur les rives communes de l'enfance et de l'âge mûr.

Son mari et elle réussissaient à nous rendre heureux, parfaitement, car ils s'aimaient parfaitement. La jouissance de ce qui constituait le bonheur de leur couple, au prix de leurs travaux et de leur foi, rejaillissait forcément sur nous. Sans cesse, nous avions le cœur chaud.

Père disait :

« Les causes des échecs irrémédiables, ce sont les macérations inutiles et la rigidité des gens craintifs. »

Le soir, la classe terminée, Amaryllis ramenait à son mari un visage gris de fatigue, qui semblait vieilli de beaucoup d'années. Il était près de six heures. Elle ôtait sa blouse et s'écroulait sur le divan usé, devant Pepito qui la considérait, silencieux, avec une acuité pleine de remords. Elle défaisait ses tresses et toute sa chevelure assombrissait encore son visage aux lèvres décolorées. Elle pliait sous son propre poids. Nous l'entourions de soins furtifs, souliers ôtés, tasse de thé, et lui, auprès de celle qui était notre pain, mendiait un sourire de pardon pour sa journée d'artiste qui n'avait nourri personne.

Chaque crépuscule ramenait ce silence. Le reproche muet de cette lassitude nous serrait la gorge. Nous ronronnions nos leçons tout bas, elle faisait alors un effort énorme, se redressait, articulait d'une voix douce :

« Mon soleil, as-tu bien peint aujourd'hui ? »

Il étalait devant ses yeux des esquisses d'arbres, des têtes d'enfants aux yeux clos, une vieille lampe à pétrole au verre cassé, riche de misère et de solitude. Et Maman reprenait vie lentement au sortilège de ces couleurs, tant de beauté la rendait si heureuse qu'elle l'appelait, brusquement vaincue, faible devant lui et confiante.

Quel radieux spectacle c'etait alors pour nous, leurs enfants, que de les voir, lui adossé au mur, la tenant entre ses jambes qu'il refermait en ciseaux sur les siennes, les mains nouées sur la source de ses seins. C'était le signe des réjouissances permises, des galipettes sur le tapis, des éclats de rire excessifs. Leur bonheur était le présage du nôtre et moi, à neuf ans, ivre de joie intérieure, les nerfs détendus, happé déjà par le puissant sortilège de l'art, je proposais :

« Puis-je réciter *La lune blanche* ? »

Nous disions presque tous admirablement les poèmes. Maman avait un sens dramatique incontestable. Elle abordait la poésie avec une sorte de lyrisme personnel qui faisait immédiatement corps avec le texte et l'exaltait. Elle parachevait le sens des mots de toute sa voix, nuancée comme celle d'un instrument, et leur redonnait la vigueur originelle d'un chant. Elle avait élaboré un système personnel d'initiation à la royauté du verbe qu'à l'âge d'homme je ne cesse de tenir pour excellent. Elle affirmait qu'il fallait commencer par le concret, n'amener que très lentement les enfants à la transposition, parce qu'ils ont un esprit naturellement confus qu'il faut organiser avec des éléments d'ordre rationnels, purement, platement descriptifs...

Elle choisissait, pour les petits, des poèmes un peu secs, hérissés de détails matériels à leur portée et bourrés d'actions intéressantes, tel ce *Cavalier à la Fontaine* que Maria-Louisa, Roberto et tous ceux du cours préparatoire récitaient avec un si grand plaisir, parce qu'il y était simplement question d'un homme fatigué, arrêtant sa monture auprès d'une source, sous un arbre, pour se reposer et pour boire comme il se doit...

Son noir cheval est blanc d'écume et de poussière,
Il est blanc de la queue jusques à la crinière.

Maman interrogeait :

« Quelle est la couleur de ce cheval?

— Il est noir. »

Elle s'animait, agitée d'une importante question :

« Il est noir... On nous dit pourtant, dans la seconde ligne, qu'il est blanc... Il a dû se passer quelque chose d'extraordinaire... »

Il avait fallu chercher et découvrir, émerveillement pour nos imaginations souvent bornées, que la fatigue de la course, la sueur, la terre desséchée, métamorphosaient l'animal — que, dans notre innocence, nous n'aurions jamais cessé de trouver noir — en cheval gris...

Il y eut aussi ces vers sur la chasse que nous psalmodions dans les cours, en dehors des classes, le jeudi, tant ils nous apportaient d'émotion et résumaient déjà, dans leur naïveté exempte de prétention, les secrets de la vie et de la mort.

Ma flèche vibre dans l'espace,
L'oiseau penche sa tête lasse
Et tombe de l'arbre à mes pieds,
Je le sens trembler tout entier...
Toutes ses plumes sur ma tête
Je les mettrai, les soirs de fête...

Nous frémissions des bras et des épaules pour devenir oiseaux, nous nous redressions soudain, délivrés de l'angoisse de notre propre crime, orgueilleux, couronnés par la splendeur meurtrière de nos pillages.

Mais venait, en fin d'année, *La Lune blanche* de Verlaine, offerte comme une récompense à notre amour tout neuf de la beauté.

C'était alors la discrétion du ton, le maintien de la respiration naturelle, le juste passage du sang dans le cœur qu'il fallait observer pour ne rien trahir...

« N'enfle pas la voix pour dire : Profond miroir, Carlos, n'enfle pas..., dis les mots lentement, largement, simplement... »

L'étang reflète,
Profond miroir,
La silhouette
Du saule noir
Où le vent pleure,
Rêvons, c'est l'heure...

« Carlos, pense à l'étang où nous allons pêcher les grenouilles. Ne te sens-tu pas, là, calme, tranquille..., pense au tableau de ton papa. »

Notre père avait illustré le poème qu'il affectionnait et que Maman lui avait appris. Il le récitait volontiers, d'une voix hésitante, avec l'accent rocailleux du pays de ses origines. Il arrivait qu'après le souper, l'hiver dans la cuisine, pendant que Maman sommeillait, ses trois enfants nichés contre elle, ou les soirs d'été de pleine lune, mû par un déclic intérieur, au comble de l'émotion, de la conscience aiguë de sa propre vie et de la nôtre, Papa commençait :

« La loune blanche louit dans les bois... »

Il eût suffi, à cette heure, d'ouvrir une porte pour apercevoir, au fond de la classe, la toile de Pepito...

Dans un clair de lune gris, sous des arbres à larges feuilles plates et noires, taillées sans épaisseur, un étang rayé de lumière s'étalait. On n'en distinguait qu'une flaque, mais d'une matière si pleine d'eau qu'il paraissait immense, distillait le ciel et les ombres, dans une profondeur centuplée. Venait au-devant de nous un homme et sa compagne, se tenant par la main; et c'était notre père lui-même avec son chapeau cabossé, ses yeux un peu fous, son pantalon froissé, sa chemise retroussée aux manches; et c'était notre mère, avec sa robe d'offrande, sa tête couronnée de tresses, se laissant conduire; tous deux perdus dans un brouillard que l'on sentait humide, avec une tache de lune sur leurs doigts liés, jusqu'au poignet noueux de Pepito.

On m'écoutait donc réciter, les pieds joints au milieu de la pièce, avec une application, un désir de bien dire si ardents, qu'émue jusqu'aux larmes Maman me serrait contre elle en murmurant :

« Carlos, Carlos, je t'aime beaucoup, mon petit enfant. »

Les deux jumeaux, pleins de jalousie, se jetaient sur nous; nous échangions, tous les cinq, des baisers dans le cou et sur la bouche les uns des autres, cercle de passion, communauté du sang au carrefour de leurs deux races.

Papa nous faisait réciter nos leçons. Il fallait les savoir par cœur et présenter nos cahiers propres. Maria-Louisa avait une nature un peu molle. Il lui arrivait de négliger sa copie, d'oublier d'ânonner sa page de lecture. Nos parents, nous le comprîmes plus tard, nous considéraient comme la justification vivante de leur amour. Notre réussite future importait plus que la leur propre. Nous étions les garants de la volonté qu'ils avaient eue de vivre au-delà des préjugés, mais dans une société qui nous acceptât.

Pepito regardait sa fille, tête noiraude, mains potelées, yeux ardents, corps traversé de rires..., si pareille à lui, vigoureuse, insoucieuse, si intensément liée à sa chair, faite pour danser la guarracha, se trémousser sous le soleil, des bracelets à ses poignets bruns; une espèce d'angoisse le tenaillait, vieux mythes raciaux de nonchalance, de paresse dont il repoussait les fantômes humiliants. Il la bousculait brusquement, la remettait sur pieds.

La petite, l'échine basse, les yeux globuleux, reniflante, désespérée, dévoilait un cahier taché, des additions fausses où les retenues étaient oubliées. Et la main redoutable de Père, cette main qui magnifiait les paysages, les femmes, les enfants, la cafetière et les chiens galeux, retentissait sur la culotte petit-bateau de Maria-Louisa, malmenait cet optimisme fessu.

Tremblante, elle recommençait le travail mal fait, obligée à une victoire sur elle-même dont elle ignorait la portée exemplaire.

Il nous paraissait, à nous, naturel que Père fût un colosse à peau mate, au regard profond, plus profond que celui des autres : « Amaryllis, viens ici te noyer dans mes yeux, ordonnait-il, je suis le gouffre du Colorado ! » S'il nous chantait, avec un bonheur égal, en espagnol des airs syncopés et d'autres encore plus prenants en idiome aztèque, où il célébrait la puissance du Quetzalcóatl, le dieu aigle et serpent dont il nous disait qu'il joignait la terre et le ciel et réalisait l'unité du monde — « car, enfants, que serait la terre sans le ciel, et l'eau du ciel sans le baiser de la terre, et que serait sans moi votre mère et votre père sans elle » — s'il incarnait l'homme par excellence pour nous, notre père, notre dieu de vie indiscutable et sacro-saint, il importait que, dignes de cette parenté, nous fussions nous-mêmes à l'image de ces deux êtres, à la hauteur des plus hautes civilisations. Sans comprendre, nous le ressentions fortement. Nous savions qu'aucun des enfants de la commune n'était élevé, et n'entendait ses parents parler entre eux de cette manière-là.

Un jeudi, nous avions laissé Papa à Saint-Christophe et avions pris, tous quatre, le train pour aller au chef-lieu. Maman entra dans un grand magasin de confection pour acheter du linge. Nous avions reçu des consignes péremptoires : ne toucher à rien, ne pas ricaner, ne rien désigner du doigt, la suivre au plus près, sans reniflements ni tortillements excessifs; ne pas demander à faire pipi au milieu d'un essayage, tout ce qu'elle appelait : « Ne pas lui faire honte. »

Une vendeuse, à notre entrée, poussa du coude sa collègue et rit, de ce retroussis méprisant, à peine esquissé, des lèvres vers la gauche du visage.

C'était en 1936. Les étrangers en France n'étaient pas aussi nombreux que de nos jours; on connaissait mal encore cette accoutumance paisible à ne voir, dans les différences ethniques, que des effets historiques et géographiques étalés sur des siècles, plutôt que les iniquités gratuites d'un dieu barbare.

Maman avait, durant deux mois, économisé, farouchement, de quoi renouveler nos culottes et nos chaussettes; elle s'était privée de chaussures d'été, Père de tabac, pour que nous fussions décents. Devant ce rictus, sans doute souffrit-elle, une fois de plus, cruellement, car elle s'arrêta net de marcher et, nous serrant les poignets à les briser, nous ramenant contre elle, les veines de son cou tendues sous l'épiderme comme des cordes, elle interpella d'une voix sourde, mais assez terrible, l'employée :

« Vous n'avez jamais vu de petits métis, eh bien regardez-les, ils ont du sang indien, espagnol, noir et normand. Ils ont deux yeux, une bouche, dix doigts et même un derrière, Madame... Ils sont vivants, ce sont mes enfants, ils sont intelligents, bien élevés, ils n'ôtent le pain de la bouche de personne; ils ont même, par-dessus le marché, le droit d'être différents de vous, comme vous avez le droit d'être différente d'eux... »

Elle fit demi-tour devant les deux femmes cramoisies. Nous franchîmes l'avenue au pas de charge. Elle ne nous regardait pas, elle fixait les yeux sur un point de l'espace. Je tremblais de chagrin. Son visage n'avait plus de couleur. Elle s'arrêta, les jambes coupées, devant la statue de la place et considéra les bouches des canons de la guerre de 70, les soldats, tête bandée, pantalons en lambeaux, coulés dans le bronze, la silhouette altière d'un général au-dessus d'eux. Elle demeura ainsi, de longs instants, à interroger ces visages lamentables, ces gueules meurtrières. Elle cherchait quelque chose, une réponse dans cette masse compacte; des larmes coulaient sur ses joues, puis elle dit, pour elle seule, tout haut :

« Évidemment, c'est encore, c'est toujours la guerre. Comment peut-on espérer mieux avec de pareilles statues... »

Puis elle poussa un soupir lent, profond, ses yeux lavés retrouvèrent des images bienveillantes. Elle sourit subitement à la petite voiture blanche et rose d'un marchand de glaces et proposa — offre dont elle était peu coutumière car nous n'étions pas riches :

« Enfants, voulez-vous un cornet? »

Le glacier était un petit homme bouffi, paternel, coiffé d'un bonnet de pâtissier et qui nous servit avec beaucoup de bonne humeur. Elle nous laissa choisir notre parfum, puis elle s'assit sur un banc pour se reposer de l'immense fatigue de sa colère. Elle nous tint contre elle pendant que nous léchions nos crèmes safranées et nous caressa les cheveux avec une tendresse brûlante.

Nous fûmes acheter des maillots de corps et des culottes dans une autre maison. La vendeuse dit :

« Les beaux petits enfants ; ils ont des cheveux comme l'aile des corbeaux. »

Et Maman fut moins malheureuse.

Dans l'autocar du retour, elle ne nous lâcha pas d'une semelle. Elle serrait les jumeaux sur ses genoux et me maintenait solidement contre elle. Je veillais sur le précieux paquet de sous-vêtements. Il nous était resté cent francs. Elle avait acheté une cravate à dessin cachemire pour Papa, à un camelot qui soldait son lot dans un parapluie, et de l'eau de Cologne pour elle.

« Vous ne raconterez pas à Papa que je me suis fâchée dans le magasin. Il ne serait pas content.

— Pourquoi se moquaient-ils de nous ? interrogea Roberto, la lèvre humide et suçant son pouce.

— Parce qu'elles étaient jalouses de moi, ces femmes, mes enfants. Elles vous trouvaient trop jolis...

— Les méchantes ! geignit Maria-Louisa.

— Non, ce sont des bêtes, précisa notre mère, des bêtes surtout... »

Un moment après, elle répéta, cachant sous un ton péremptoire sa crainte que nous dévoilions cet incident à la maison.

« C'est défendu de le dire à Papa ; il me gronderait et, à mon tour, je vous donnerais la fessée parce que vous m'auriez fait attraper... »

Un tel argument nous laïssait forcément bouche cousue!

Dieu sait pourtant comme nous étions heureux, d'ordinaire.

Avant le dîner, Papa aidait Maman à faire sa toilette. Il surveillait sa santé avec une très grande tendresse; amoureuse de lui comme elle l'était, elle s'abandonnait à ses soins avec une joie, une certitude de lui être chère qui devaient être son plus grand triomphe de femme. Elle montait se déshabiller dans leur chambre. Père s'armait de deux seaux d'eau tiède et demeurait avec elle une bonne petite heure. Nous autres, enfants, nous mettions le couvert, surveillions les casseroles, jouions aux dominos avec la consigne de ne les déranger qu'en cas d'embarras extrême...

Ils redescendaient toujours frais et dispos, avec un air de langueur et de contentement que je n'ai jamais vu qu'à eux. Maman fleurait le savon; son visage nu, marqué de rides légères, était rose, redevenu presque enfantin. Nous recevions de gros baisers pour notre sagesse. Ils s'asseyaient à table, l'un en face de l'autre, et semblaient chaque fois se redécouvrir. Elle portait une espèce de tunique rouge à rayures vertes qui tombait jusqu'à terre et des babouches marocaines dorées. Nous aimions tous à être beaux dans l'intimité. On eût pu nous croire déguisés; c'était faux; c'est à ce moment-là que nous étions parfaitement naturels. Nous possédions chacun une de ces tuniques; c'est Pepito qui les avait taillées, comme des sacs, avec un trou pour la tête et les bras. Nous portions au cou des médailles d'or à tête d'ange au bout d'une chaîne, offertes par nos grands-parents maternels à notre naissance; Maman, un collier de raphia multicolore, savamment tressé par les doigts habiles de son Indien de mari.

Nous savourions nos repas modestes : soupe aux légumes, œufs à la coque, riz au lait pour nous; boulettes de viande mystérieusement mitonnées, sauces aux épices, préparées par notre père pour Maman et lui, restes du déjeuner de midi. Père était gourmet. Il disait, par exemple :

« Tu vois, chérie, parce qu'il y a une pointe de safran, c'est bien meilleur. La sauce tomate est délicieuse, j'ai ôté l'amertoume avec un soucre. »

Elle lui riait au visage en répétant :

« Vraiment avec un soucre? l'amertoume? Enfants, on supprime l'amertoume avec un soucre. »

Nous hurlions à notre tour :

« Un soucre, le riz au lait est au soucre, où est le soucre?

— Silence, tonnait Papa. Sacrés petits métis, ne vous moquez pas de votre père, vous êtes les hommes de l'avenir... »

Maman dévorait des yeux son mari, et nous avec. Nos petites pattes brunes voltigeaient sur la toile cirée, nos sourires jetaient des éclairs d'amour et Père, nous prenant à témoin du bonheur de sa femme, ce bonheur ramené de la chambre d'en haut, disait :

« Regardez, amigos, votre mère a l'air d'un petit enfant. »

Elle lui tendait les mains à travers la table et répondait :

« C'est toi qui me rends si pure, mon soleil... »

Et ce devait être là une allusion mystérieuse à quelque grand secret entre eux deux, car il courbait la tête jusqu'à ses paumes pour les mordre; et nous voyions alors les frisures de sa nuque puissante, et nous entendions le chantonnement heureux de sa voix qui semblait sourdre de sous terre, comme une eau pleine de sable.

III

Chaque quinzaine, grand-père et grand-mère venaient nous voir. Ils arrivaient en voiture sur le coup de midi, avec cette ponctualité consciencieuse des gens d'autrefois, que nous respections sans la comprendre. Ils habitaient à une trentaine de kilomètres de chez nous, une charmante petite maison où ils s'étaient installés pour leur retraite. Grand-mère avait été postière et grand-père brigadier de gendarmerie. Maman était leur fille unique; elle avait été élevée avec beaucoup de soin, mais dans une atmosphère provinciale et solitaire. On voulut en faire une institutrice, on rêva qu'un collègue l'épouserait, on la condamna jusqu'à vingt ans aux vêtements convenables, aux promenades dominicales dans une voiture qui filait sagement, à quarante à l'heure; elle en avant, à côté de son père, et grand-mère derrière, qui était devenue très grosse et avait besoin de beaucoup de place. Il y eut les courses et les sorties au chef-lieu, les coups de chapeau dans les rues, le tricot sous un pommier; toute une vie décente, mesurée, et entre eux deux cet épanouissement végétal, intempestif de toute la personne d'Amaryllis, qu'ils percevaient très mal, très douloureusement.

Ces dimanches matin-là, on nous faisait lever assez tôt, on nous lavait, on s'occupait de nous. Maria-Louisa, vêtue d'une robe propre à petit col rond, chaussée de souliers blancs, ses cheveux retroussés en macarons par notre père et liés par un gros nœud de velours rouge derrière chaque oreille, le collier à médaille pieuse étalé bien en vue sur l'estomac, se promenait d'un air décent et fleurait la lavande à travers la maison. Maman nous faisait « bouffer » les cheveux, à Roberto et à moi, et nouait des régates à pois sur nos chemises blanches. Nous faisions rôtir un poulet. Nous avions bu de l'eau toute la semaine, afin de pouvoir poser sur la table, en signe d'abondance, sur la nappe blanche du trousseau, une bouteille de « Moulin à Vent » et une de « Pelure d'Oignon ».

Chaque mois, nos parents glissaient quatre cent francs dans une enveloppe pour recevoir grand-père et grand-mère. Nous faisions beaucoup de promenades à pied pour épargner l'essence de la moto et mangions, en quantité, pommes de terre et bœuf bouilli.

Au coup de corne de la Renault, Maman nous envoyait ouvrir la barrière. Grand-père, le chapeau enfoncé jusqu'aux oreilles, effectuait un virage prudent, après avoir bien regardé autour de lui; et son véhicule frais lavé, luisant de propreté, s'arrêtait tout doux dans la cour, sous le tilleul, « bien à l'abri », comme il disait. Nous ouvrions la portière à grand-mère; elle nous passait d'abord sa canne, puis son sac à main, puis un panier d'osier recouvert d'un linge. Elle nous souriait très tendrement en inspectant nos faces luisantes, nos yeux brillants comme des pépites. Elle sortait péniblement de la voiture, dont les ressorts grinçaient en se redressant quand elle avait quitté sa place. Nous la considérions béants, un peu subjugués par son embonpoint. Elle avait un agréable visage. Nous disions : « Bonjour, Mémée », en nous haussant sur les pointes pour l'embrasser, car elle se penchait difficilement.

Nous embrassions aussi Grand-père qui s'habillait raide, militairement, avec une culotte de cheval et des guêtres. Ils étaient bons pour nous. Lui, disait d'une voix que l'émotion rendait mal perceptible :

« Allons, allons, je vois que la santé est bonne... »

Grand-mère dessinait avec sa canne des cercles dans l'air pour signaler le passage d'un oiseau ou l'absence d'une tuile sur le toit des cabinets. Suivant de près, tenant le beau panier, nous faisions à la cuisine une entrée très circonspecte.

Pepito venait à leur rencontre avec un très beau sourire. Pourtant il ressentait de la gêne devant eux; ils étaient si différents de lui, avec leur passé de travail ordonné, de prévoyance, d'économie, leurs vertus terriennes, mais si bons aussi, si simples, si dévoués... « De si braves gens, Carissima, le Pépé et la Mémée, si honnêtes, mais quand ils sont là, Amour de ma vie, j'ai l'impression de marcher sur des œufs... »

Nous voyions les yeux de Grand-père et de Grand-mère faire le tour de la pièce d'un regard incisif, vite voilé, aussi rapidement ouvert et refermé qu'un déclic photographique. Ils épanouissaient volontairement leurs visages et Pepito entourait de ses bras sa belle-mère en disant :

« Bonjour, Maman, comment allez-vous ? »

Elle répondait, avec une gaieté inattendue chez une personne si lourde et si digne :

« Très bien. Et vous, mon gendre ? »

Amaryllis caressait le nez de son père et le taquinait :

« Enfants, regardez la belle chemise du Pépé. Maria-Louisa, va poser le joli chapeau de Mémée sur le lit. Dis-moi, où donc l'as-tu fait faire ?

— Chez la modiste de Vion; tu sais, celle du carrefour de Noailles. »

On la faisait asseoir pour qu'elle pût causer commodément; elle était bavarde, d'une manière presque frivole, comme toutes les femmes dont la vie s'écoule monotone.

Elle avait choisi cette cloche marron avec un ruban d'un degré plus clair, mais elle avait longtemps hésité entre celle-là et une toque de plumes grises, avec deux ailes noires sur le devant... D'ailleurs, l'année prochaine, elle se laisserait certainement tenter par les plumes; elle en avait toujours eu envie... Dans sa jeunesse, on faisait beaucoup le toquet en duvets avec voilette... C'était gracieux. Dans ce temps-là les femmes savaient s'habiller...

Tiens, c'était joli cet imprimé de la robe que portait Amaryllis. Où avait-elle eu ce tissu?

« Chez Couthard, à Saint-Blaise. »

Qui l'avait faite?

« Pepito, bien sûr... »

Elle regardait de coin son gendre, avec gentillesse. Il était fou, mais c'était un bon mari, ses dons de peintre lui servaient à quelque chose, il taillait « tous les dessous et les dessus » d'Amaryllis, piquait à la machine, inventait des modèles hardis. Maman portait des jupons en cotonnade rouge ou vert cru. Une fois l'an, en septembre, Papa allait au chef-lieu tout seul, et revenait avec des occasions, des coupons... Il rentrait avec des étoffes scandaleuses : satins cerise ou bleu dur, pour faire des coussins, tissus d'ameublement, coupe de vieille indienne dont il drapait indifféremment ses enfants, les fenêtres et les fauteuils de mariage qu'il rajeunissait périodiquement.

Vingt ans avant que la mode en fût lancée, nous eûmes des jupes et des chemisiers ornés de paille tressée de couleur, des petits sacs en rabane, des châles pour Maria-Louisa et Maman en molleton noir ou rouge, ornés de pompons et de franges blanches en laine à chaussettes. Ainsi nous mouvions-nous devant ses yeux, silhouettes à l'image, la taille, la couleur de ses souvenirs ancestraux, mascarade inouïe pour les profanes, belle, émouvante pour nous qui savions que nous devions lui tenir lieu de Mexique...

Cependant Grand-père, pour nous amuser, faisait « piauler » le cuir de ses bottes neuves, en remuant les orteils; nous demeurions massés autour du groupe suranné, affectueux. Mémée se prenait à rire, finaude... Elle ouvrait, d'une pression lente, précautionneuse, son sac; pinçant les lèvres, elle découvrait trois magnifiques sucettes qu'elle tenait délicatement du bout de ses doigts gonflés, en éventail. Elle regardait son mari qui courbait la tête vers nous, pour s'assurer de notre contentement muet, et elle commençait le jeu :

« Grand-père, il paraît que nos petits-enfants aiment les sucettes?

— Ça se pourrait bien, Grand-mère.

— Maman, faut-il les leur donner?

— Qu'en pense Papa? »

Papa articulait d'une voix forte :

« Je pense qu'ils sont dignes des sucettes...

— Prenez. »

Les yeux écarquillés, avec une moue de plaisir, domptant notre vivacité, nous nous saisissions de notre friandise, poliment, en prenant garde à ne pas bousculer la main de Mémée enfin tendue et qui ne s'ouvrait qu'à demi... Puis nous les embrassions de nouveau tous les deux.

La cuisine sentait bon... L'atmosphère se détendait peu à peu. Sur le milieu de la table était posé le panier, toujours recouvert du torchon... Maman questionnait, d'un air de petite fille, en s'adressant à son père :

« Papa, peut-on regarder ce qu'il y a dedans? »

Alors, il se mettait à rire :

« Oui, oui, c'est une bonne idée... ».

Pépé était ainsi. Il avait vécu trente-cinq ans dans une brigade, couru la nuit après les braconniers, sué les après-midi en traînant sa bicyclette dans les côtes, battu la semelle sous le givre quand il était « planton », mangé toute sa vie à des heures régulières, ciré ses bottes chaque matin, accompli les devoirs de son état avec une bonne foi, un sentiment de son devoir qui n'étaient point de la sottise, mais de l'honnêteté scrupuleuse. C'était un homme d'esprit modéré, qui ne disait jamais rien de stupide; au surplus, têtu et volontiers méditatif.

Pour lui, il y avait les « bonnes idées » et les « mauvais principes », et j'ai remarqué, les reconsidérant plus tard, que ces formules banales et tranchantes traduisaient des jugements qu'il avait justes, toujours silencieusement mûris à la clarté d'une expérience modeste, mais pétrie de bon sens et d'humanité.

Il avait des souvenirs simples, rugueux, qui l'avaient marqué. Autant de drames quotidiens, les plus vrais, ceux qu'on sous-estime bêtement, sans savoir qu'ils forgent plus sûrement un caractère que certains héroïsmes accidentels.

Quand nous étions en vacances auprès d'eux et qu'ils nous menaient promener en voiture le long de ces routes mille fois arpentées sous le képi réglementaire, il s'exclamait :

« Ah, voilà la côte de la Chevalerie!... »

Il dodelinait de la tête, retrouvant une souffrance très vieille :

« Ce que j'ai eu chaud à la monter en bicyclette, les jours de service. »

Un autre souvenir plus âpre encore lui revenait à la mémoire et il l'exprimait aussitôt :

« Quand je pense que j'ai été mis aux arrêts quinze jours, pour avoir laissé s'évader un pauvre type de Turc à Constantinople.

— Où était-ce Constantinople, Pépé ?

— C'est en Turquie. Un pays très chaud, où la France a fait la guerre après 1914. J'ai traversé la Méditerranée en bateau pour y aller. Je gardais les prisonniers comme gendarme.

— Qu'est-ce que c'est, être mis aux arrêts ?

— C'est presque être en prison, mes mignons », clamait d'un air important Grand-mère, femme d'une pusillanimité extrême, mais que notre ébahissement admiratif excitait singulièrement, au point de lui faire perdre un instant le goût d'une respectabilité sans histoire.

Nous sursautions. Se pouvait-il que le Pépé eût traversé la mer, fût allé en prison comme un voleur ? Elle pérorait :

« Pas en prison pour de bon, mais quand les prisonniers s'évadent, on consigne les gardiens, on les punit ; il arrive qu'on les fasse passer en conseil de guerre, qu'on les casse de leur grade. »

Ainsi Grand-père avait failli perdre ses galons de sous-officier, tout cela parce qu'un Turc débrouillard, qu'il conduisait, menottes aux poignets, à la visite médicale, un intellectuel qui parlait français et le savait excellent homme, lui avait demandé la permission d'uriner contre un mur, un jour de marché, en Orient... Vif comme une anguille (à cette époque, bien qu'il n'eût que trente ans, Pépé était déjà affligé de varices), le prisonnier avait échappé à son gardien, perdu, happé par une foule d'indigènes hostiles à l'occupation française...

Il avait fallu ses excellents états de service antérieurs pour éviter au gendarme Monceau les plus gros ennuis...

« Crois-tu, disions-nous, si tu ne lui avais pas donné le droit de faire pipi, ce ne serait pas arrivé! »

Mais Pépé était bon. Il avait pitié de toutes les vessies, car il avait le respect de l'homme...

Ouvrir ce panier était donc « la bonne idée ». On se penchait sur son contenu. Il y avait dedans, selon la saison, des haricots verts fins, des laitues fondantes, des asperges si tendres qu'on pouvait les manger jusqu'au pied et, toujours, un gâteau : tarte aux prunes, ou charlotte au café, qu'on servait au dessert et dont il nous restait des parts énormes pour le lendemain.

Maman, que son mari servait toujours volontiers, parce qu'il considérait qu'en dehors de son travail, elle avait besoin de détente, s'affairait, avec des airs de ménagère classiquement courbée sur la vapeur des casseroles et la brûlure des tisons.

C'était la traditionnelle comédie des dimanches en famille. La gaine de Maman la bridait, les jarretelles lui marquaient les cuisses. Papa tordait discrètement un cou musculeux dans un col amidonné et nous admirions sur nous-mêmes ces vêtements de fête discrets, d'un implacable bon ton, que nous portions avec autant de respect et de défiance de nous-mêmes que les enfants de chœur leur aube dominicale.

Dans l'attente des hors-d'œuvre, Pepito, assis en face de son beau-père, fumait une cigarette avec lui et se sentait ému. Le brigadier le regardait fixement. Jamais sans doute il ne s'habituerait complètement à ce profil aplati et brun, à ces yeux de visionnaire... Pour cette raison même, il s'adressait à son gendre avec une douceur, un intérêt, avec une volonté de le mettre à l'aise qui n'étaient pas feints. Ni son épouse, ni lui ne comprenaient l'attachement passionné, sans restriction, de leur fille pour cet artiste étranger qui ne gagnait presque rien... Mais ce vieux couple tranquille, puritain, inquiet de l'opinion des autres, était de si bonne foi dans sa rectitude républicaine, qu'il n'eût voulu pour rien au monde désapprouver ce mariage qui l'avait bouleversé. Pépé et Mémée n'auraient pu se brouiller, ou même critiquer ouvertement les façon extravagantes, l'originalité, le manque de réalisme de cet exotique, sans se sentir eux-mêmes avilis.

Les braves gens allaient partout chantant les louanges de leur gendre; ils l'aimaient, en fin de compte, très sincèrement, à la façon d'un précieux bibelot ramené d'un unique lointain voyage, trônant au milieu des meubles coutumiers.

Au moins, nous trois, leurs petits-enfants, les rassurions-nous.

Les vacances, que nous passions auprès d'eux, ne leur apportaient que de bonnes raisons de nous faire confiance. Je faisais les commissions, je ne rapportais jamais un œuf cassé, ni un pot à lait vidé de son contenu égaillé dans le caniveau. Je lisais le journal avec aisance, d'une voix nette, intelligente pour mon âge; j'aidais Grand-père à arroser ses plantes, m'intéressais au Larousse universel et recourais volontiers aux conseils de Grand-mère pour la bonne présentation de mes devoirs de vacances. Nous récitions, chantions, mimions, d'après eux « à la perfection », à la fin des dîners d'anniversaires ou de fêtes...

Les vieilles voisines en coiffe, les paysans

retirés dans le village pouvaient nous prier de leur chanter quelque chose; nous nous exécutions d'une manière très civilisée, nous rondions sur le trottoir : *Dansons la capucine*, *Il court le furet*, *J'ai des poules à vendre...*, cela sans oublier de dire « Bonjour » et « Au revoir », de proposer d'aider à soulever un fardeau ou d'offrir une chaise...

Notre atavisme singulier aurait pu nous prédisposer, plus que les enfants du cru, à grimper aux arbres, ou à barder de fléchettes le croupion infortuné des volailles de la maison; il n'en était rien; avec cela nous étions affectueux; le cœur de Pépé et de Mémée fondait comme du beurre quand nous nous hissions sur leurs genoux!

Quant à Maman, entrée dans le champ des tendresses brûlantes, sans rien renier de ses affections et de certaines croyances paisibles, elle se tenait à mi-chemin, sur une corde un peu raide, entre ses parents et son mari.

Pepito lui disait souvent, en se moquant d'elle, qu'elle était un très intéressant compromis entre la gendarmerie et la vie de bohème mais que, sans lui, elle n'aurait jamais dépassé les limites de son village.

Elle ne s'en fâchait guère, se contentant de lui rire au visage en protestant qu'elle ne l'avait point attendu pour voir « plus loin que le bout de son nez ».

Voir au-delà du bout de notre nez, c'était en effet la préoccupation majeure, le but de notre existence à la maison...

Mais Père insistait, se vantait, affirmait que depuis qu'il l'avait conquise, dans des circonstances qui pour nous demeuraient un fabuleux mystère, il l'avait reconstruite cent fois plus belle et plus libre qu'auparavant.

Entre cet homme transplanté, de basse origine péone, qui avait besoin d'être exalté, chéri, et cette femme qui le ramenait naturellement à ses proportions les plus pures d'artiste et de créature divine, commençait alors un de leurs plus extraordinaires jeux d'amour!

« Jure-moi que tu deviendrais folle sans moi..., folle de chagrin. »

Amaryllis se levait précipitamment. Pepito la poursuivait autour de la table; elle virait à reculons, les mains en avant, pour se protéger de lui.

« Non, non, c'est faux, tu m'ennuies... Oh, que tu m'ennuies, mon Soleil. »

Elle cachait son visage pour trouver la force de son mensonge et prenait appui sur le mur. Ses seins se soulevaient très vite sous son corsage; elle avait l'air d'être essoufflée, la gorge tressaillante, les yeux fous, comme une bête débusquée.

Elle le regardait venir sur la pointe des

pieds, les mains ouvertes, le cou enfoncé dans les épaules. Toute une hérédité chasseresse et dangereuse aiguisait l'éclair du regard de Pepito, dirigeait ses bras comme des lames, galvanisait sa puissance. Recroquevillée sur elle-même, elle poussait un plaintif :

« Il va me coincer, mon Dieu; je suis coincée... » et se laissait prendre à la gorge, tête renversée, une sueur de joie aux narines. Il grognait de bonheur à la sentir si faible, si animale, il en profitait pour la mordiller. Elle reprenait pied, ronronnait comme une chatte, en lui grattant le dos à travers la chemise.

Il psalmodiait avec insolence :

« C'est moi le coq, c'est moi le coq... »

Mais elle, nous apercevant massés sur le seuil, bouche bée, heureux, troublés, nous appelait pour le taquiner :

« Petits, petits, cot... cot... cot... Qui veut des graines, gentils, jolis, grassouillets, noirauds petits poulets... »

Rien pourtant ne pouvait empêcher Amaryllis, une fois par quinzaine, de redevenir une Monceau. S'il nous arrivait, à table, de renverser le sel, elle en jetait une poignée par-dessus l'épaule gauche pour prévenir les disputes; et elle s'asseyait à son vieux piano d'études pour chanter à Mémée *Le temps des cerises*.

Nos grands-parents n'oubliaient jamais de proposer poliment :

« Et les tableaux, Pepito, avez-vous fait de nouveaux tableaux ? »

Et nous nous levions lourdement, avec solennité, après le dessert, pour aller les contempler...

L'atelier était installé dans le garage vide de l'école. L'hiver, Père travaillait avec un gros Mirus à bois. Il y avait deux chevalets, par terre une natte de paille usée; Pépito avait fabriqué une série de petits éventails en plumes de pigeon, de coq, de pintade, d'un goût exquis; les duvets en étaient fixés sur une trame de jute, à petits points, selon les techniques indiennes.

L'éventail d'anniversaire de Maman était en plumes de queue de coq. Elles s'épanouissaient, partiellement cousues et collées sur une armature toilée et rigide; leurs extrémités libres, en accent circonflexe, massées à droite et à gauche, par groupes de quatre, se rejoignaient en un salut frémissant et altier au moindre souffle, à la moindre sollicitation; au centre, des plumes plus courtes, dorées, de faisan du Japon, que nous avions soigneusement recueillies à l'époque des chasses quand un paysan généreux nous faisait ce somptueux cadeau sanglant pour ennoblir de venaison notre ordinaire, formaient un soleil dont les rayons s'allaient perdre dans le noir bleuté des maîtresses plumes.

Ce bibelot sans prix avait reçu son nom : « Le soleil de minuit ». Il trônait sur la cheminée entre deux autres plus petits, en duvets gris de pintade et de ventre d'oie, ces derniers teints en bleu et qui appartenaient à Maria-Louisa. Mémée aussi en possédait un, d'une belle teinte ardoise vers la cime, gris au centre, blanc vers le bas, entièrement fabriqué avec le plumage de son pigeon favori, mort d'une maladie mystérieuse, sorte d'empoisonnement lent par des mauvaises graines, peut-être jetées exprès par des paysans prompts à s'irriter de la dévastation de leurs champs, car les pigeons sont, avec les sauterelles, grands pilleurs de céréales sacrées...

Nous collections les plumes jusque dans les cours des fermes.

Mainte ménagère, de l'épicière, qui nous faisait crédit, à la fermière, qui nous gratifiait d'un morceau de lard à l'époque des salaisons, possédait l'une de ces merveilleuses babioles, d'inspiration pré-colombienne. Elles s'épanouissaient entre les couronnes de mariage en fleurs d'oranger et les tasses fleuries en faïence de Malicorne. Ces objets d'art avaient été des armes puissantes pour nous gagner la confiance des bonnes gens; c'est une coutume vieille comme le monde, éternellement efficace, d'offrir des cadeaux aux étrangers pour s'ouvrir leur cœur, car cet usage du don revêt un symbolisme d'amour. Père, d'abord l'objet d'une curiosité et d'une défiance générales, avait été accepté dans ce pays dès qu'il s'était, sans rien perdre de son originalité ni de son génie, volontairement, sagement inclus dans l'existence quotidienne. Il ne refusait jamais de rendre un service, souvent même prenait les devants. Il fanait, moissonnait à l'occasion. Au milieu des laboureurs, en chapeau de paille, en culotte bleue, en sabots, silhouette pittoresque haut dressée, il maniait vaillamment la fourche de ses bras robustes, aux muscles longs sous la peau étroite.

La communauté des gestes du travail, le redoublement d'activité par crainte de la pluie, l'instinct de conservation par l'industrie et la prévoyance, sont de puissants facteurs de rapprochement fraternel... Aussi Pepito avait-il désormais ses entrées dans les fermes. Il peignait au bord des mares, dans les prairies, à la limite des barrières; on lui offrait du cidre ou du café... Seuls les artistes qui aiment la vie, la peignent ou la débusquent sous leur marteau, leur verbe, leur chant; et de même les saints qui, eux aussi, dominent ses apparences, savent rire comme riait notre père, parviennent à insuffler un peu de leur chaleur, de leur pacifique liberté aux êtres les plus bornés.

Maman posait pour son mari, le jeudi, sur un lit de fer recouvert d'une étoffe bouton d'or, trouée par endroits. Dans une boîte de fer pleine d'essence trempaient une dizaine de pinceaux. Les toiles étaient classées selon un ordre chronologique précis, une sorte de lyrisme naturel qui serrait de près la destinée de leur auteur. Quelques-unes dataient de ses débuts au Mexique, portraits de vieilles femmes égrenant un chapelet en fumant de gros cigares, la tête sombre, luisante sous la calotte du chapeau melon..., marchandes de fruits opulentes et superbes, le panier sur la tête, droites et lippues dans de grandes jupes à ramages que leurs hanches élastiques gonflaient, humbles femmes besogneuses, nées des transplantations violentes des noirs des Antilles sur les territoires de canne à sucre du Mexique méridional.

Chaque œuvre de mon père, dès mon enfance, m'a toujours coupé le souffle. Les éclats de lumière et la profondeur des ombres sur les visages de tant de pauvres inconnus me précipitaient dans leur monde de mélancolie tragique ou de joie complète. Il m'arrivait de me faufiler en secret, quand j'étais seul, dans l'atelier. Je m'installais, assis par terre, en face d'un visage, et je conversais avec lui...

Il y avait une Indienne, avec un bébé malade sur ses genoux auquel je chantais *Do-l'enfant-do*, pour calmer sa fièvre. Je passais un index précautionneux, que j'avais préalablement lavé, sur le front de la mère effondrée.

« Carissima, disais-je, il ne faut pas tant vous désespérer, je crois que ce n'est que la rougeole... »

Je me lamentais avec un vieux péon accroupi, fumant une pipe minuscule... « Oh! Grand-Père, je sais que la vie est dure! »

Je m'approchais à la toucher des lèvres, jusqu'à sentir la rugosité sèche de la peinture, d'une toile sur laquelle une belle jeune femme, grasse et lasse, refaisait son chignon noir, et je lui murmurais, à la manière de mon père quand il s'adressait à notre mère : « *Te quero mucho, mucho!* »

Je rentrais de ces pèlerinages fantastiques le cœur plein d'amour, me sentant meilleur. Je demeurais longtemps silencieux, assis sur une chaise, et je regardais Pepito et je le chérissais de toutes mes forces...

Je contemplais ses phalanges épaisses et bombées, sa main brutale d'équarisseur au repos, mais que le moindre mouvement assouplissait comme une liane, animait d'une grâce simiesque, un poing énorme qui ne s'ouvrait que pour peser d'une caresse, sur les objets et les choses qui gravitaient autour de lui, son profil dramatique et viril, sa démarche glissante.

Il avait une façon de saisir les ustensiles de cuisine et de dresser le couvert qui n'appartenait qu'à lui. Il se mouvait sans bruit, avec souplesse, un air mexicain entre les dents, les yeux insondables. Il nous souriait de temps en temps et son visage, une seconde, devenait transparent. Maman, assise, tricotait avec application des écharpes bariolées, avec des restants de pelotes de laine dont il lui avait auparavant réparti les teintes; elle était plus lourde que lui, avec des gestes moins aisés, ayant mené une vie plus sédentaire, moins naturelle que son mari...

Elle se levait tout à coup, venait à lui, l'embrassait à ras de la nuque, sans rien dire; puis faisait le tour de la pièce et nous baisait aux oreilles... « Ah! disait Pepito, voilà votre Maman contente, Amigos. Elle a fait le tour de sa tribu, retourne à ton tricot, belle dame, nous t'aimons tous... »

Papa n'était pas doué pour la peinture des paysages. Il les traitait avec banalité. Il les voyait mal. Il s'emportait, jurait, indifféremment en français, en espagnol, en d'autres mystérieux idiomes dont il avait retenu les formules, amoureuses ou brutales, au hasard de ses pérégrinations...

Pourtant, il savait qu'il devait y avoir

aussi quelque chose de vivace dans les pierres, les roues des moulins.

Nous l'accompagnâmes un après-midi, tous les quatre, au bord de l'étang. Tout alla bien d'abord. Chacun portait un peu de son matériel. Je tenais fort précautionneusement la boîte à essence hérissée de pinceaux; Maria-Louisa veillait sur les gouaches dans son petit panier; Maman gardait les tartines. Papa nous précédait avec Roberto; tous deux tenaient le chevalet par une extrémité; du moins, mon jeune frère s'imaginait-il avec plaisir qu'il était d'un grand secours dans cette tâche. Son père bien-aimé, sifflant, fonçant à grands pas, laissait des traces de semelles gigantesques et prophétiques dans l'humidité des sentes.

Nous nous assîmes au bord de cette pièce d'eau modeste, sans beautés remarquables aux yeux du profane, mais pleine de pièges, d'enchantements, d'inaccessibilité moqueuse pour qui sait voir... Le liquide, même le plus dormant, est d'une fluidité, d'une impalpabilité diaboliques.

Il s'agissait de centrer l'intérêt de la toile sur la petite île et le peuplier arraché par la foudre, dont le tronc couché à la surface, barrant d'un sillage sombre sur le dessus mais clair en dessous le ras de l'eau, animé du friselis perpétuel des feuillages submergés, accrochait la lumière.

Nous jouions à saute-mouton sur les berges. Maman, assise dans l'herbe, ses beaux cheveux nattés rejetés derrière le dos en deux guirlandes entrelacées de ruban rouge, comme une petite fille en vacances, se laissait aller à la tendresse de cette soirée. Ce lui était d'un grand repos que de pouvoir demeurer calme, immobile, à regarder son mari travailler. Une sorte de mollesse heureuse, qui est l'apanage des femmes comblées et qui les rend plus belles, plus émouvantes, alors que les responsabilités viriles qui leur incombent souvent sont une sorte de viol mental qui les crucifie lentement, la béatifiait.

Elle pouvait s'imaginer qu'elle n'avait plus à gagner notre nourriture, que, l'hiver prochain, l'anthracite et non le boulet de coke fumeux serait à notre portée; qu'il n'y avait pas de raison pour ne pas acheter un peu de linge de maison, prendre enfin, plus souvent, une femme de ménage. N'étions-nous pas en bonne santé? N'avait-elle pas un mari merveilleux? Posséder, à trente ans, dans un petit village, un amant rencontré par miracle et qui est le père de vos enfants, n'est-ce pas, pour une femme, un luxe inouï? Ne leur suffisait-il pas, d'ailleurs, à elle et à lui, de se trouver face à face et seuls, qu'elle eût un certain petit rire, une manière à elle de s'offrir, dans le dépouillement de son regard et de son corps, qu'elle se laissât conduire vers Pepito par son instinct le plus profond et le plus doux, pour que soucis, fatigue, amertume même, s'envolent en poussière?

Aussi lui demanda-t-elle avec beaucoup d'amour :

« Tu y arrives, mon Soleil?

— Non, dit-il sans se détourner, fous-moi la paix, veux-tu? »

Nous nous arrêtâmes de rire, net. Elle avait légèrement sursauté et pâli. Le tricot glissa de ses doigts. J'eus l'impression qu'elle avait froid.

Elle joignit ses mains en un geste de prière et resta ramassée sur elle-même, occupée à renaître sans bouger, d'une sorte d'évanouissement brusque.

Ne sachant plus que faire, sa joie décapitée, elle atteignit son panier et nous fit signe de venir recevoir une tartine.

Jamais nous n'avions entendu Pepito être grossier avec Amaryllis. Il lui arrivait de jeter ses pinceaux en l'air, de nous enjoindre d'aller jouer ailleurs, de nous talocher, mais, au cours de ses dramatiques colères, il ne s'attaquait jamais à sa femme.

A croupetons, nous mangions, l'encerclant, elle, de notre muraille désolée. Ce goûter, pain de mie beurré accompagné de rondelles de saucisson, victuailles des grands jours de plein air, dont nous nous étions promis un régal tumultueux, avait pris l'aspect de quelque dîner funèbre... Nous mastiquions, avec l'application régulière d'invités à un souper d'enterrement, en prenant garde à ne pas rompre l'épaisseur de notre silence consterné...

Il m'apparut que les yeux de Maman étaient pleins de larmes. Elle n'avait pas touché à sa tartine. Je la lui tendis; elle la refusa d'un doigt sur la bouche et d'un murmure :

« Je n'ai pas faim. »

Nous considérions notre père avec terreur. Il se tenait debout, le dos hostilement tourné. Je pensai brusquement qu'il ne nous aimait plus; et j'en eus mal jusqu'aux os...

Mais un aussi grand silence, une tristesse aussi lourde et résignée l'avaient atteint. Avait-il donc brisé quelque chose?

Il se retourna; son visage tendu s'altéra davantage à notre vue, mais de tendresse... Il fit un geste, celui du dormeur repoussant les spectres; ou du soldat la vision du sang. Il s'avança... Nos cœurs battaient...

« Amaryllis, dit-il, plein de douceur et d'humilité, j'ai faim. »

Maman se saisit d'une tartine et la lui tendit. Leurs yeux se rencontrèrent; or, ceux de Père eux aussi étaient pleins d'eau, comme les siens, bien que pour une raison différente, mais maintenant, chacun le sachant, ils pouvaient pleurer l'un pour l'autre; elle parce qu'il n'arrivait pas à peindre ce jour-là; lui parce qu'il l'avait oubliée une minute, égoïstement.

Il s'approcha d'elle en rampant, lui saisit le poignet et coucha sa tête dans sa jupe. Elle demeurait très raide, indécise, aux frontières d'une mansuétude facile et d'une pénible fierté. (Maman était de ces êtres qui ont plus de mal à tenir leur rancune qu'à donner leur pardon.) Papa ne disait rien mais, pour se faire comprendre d'elle, implorer sa grâce sans humiliation, il lui serrait le poignet de plus en plus fort, faisait plus lourde, dans les plis de la jupe, sa tête de gisant.

De cette nuque dont la tiédeur l'envahissait jusqu'au bassin, lui remontait aux tempes à la faire rougir, Maman percevait le message mieux que celui des mots, n'importe lesquels...

Elle sourit, se courba vers lui, l'appela par son nom :

« Pepito?

— Amaryllis...

— Pepito, si tu te reposais un peu maintenant?

— Oui, Carissima, mais auprès de toi. Enfants, si nous dormions? Dormons, Amigos. »

Maman creusa son épaule droite pour que son mari y mît sa tête, la gauche pour Roberto et moi; Maria-Louisa se colla au flanc libre de son père.

Le crépuscule tombait sur notre groupe abattu par l'émotion.

Je me souviens que j'ouvrais les yeux de temps en temps. Le chevalet, abandonné comme un insecte rigide, dressé sur ses deux pattes postérieures, imprimait dans l'air rouge du soir un hiéroglyphe géant; pourtant ce n'était plus une menace, mais une simple énigme à résoudre, pesant à peine sur nos destinées.

Après la période mexicaine, venaient l'italienne, l'espagnole. Des groupes de femmes pleuraient un enfant mort, dans une lumière grise et bleue que je n'ai jamais vue que sur ses toiles, vapeurs lourdes de pétrole, enténébrement de l'âme, yeux embués de mendiantes, travailleurs exsangues la houe au poing, fruits des révoltes de Pepito, visages fraternels dans l'angoisse qui le rattachait à sa propre vie, une insécurité proche de la mort, qu'il connaissait depuis l'enfance, qui était sienne, avec laquelle il avait rusé.

Il avait terrassé, fait la vaisselle dans les restaurants de Mexico ou d'Acapulco, que fréquentaient les premiers touristes yankees, soulevé des cargaisons de maïs sur les quais de Vera-Cruz. Il gagnait ainsi de quoi subsister, acheter ses couleurs. Il vivait alors avec des jeunes femmes sensuelles et ignorantes, qui faisaient frire les légumes en plein air sur des réchauds, vendaient des agrumes pour vivre ou cuisinaient dans les gargotes. Elles devaient être bonnes, maternelles, résignées, d'après ce que nous avons su d'elles à travers les esquisses ou les portraits. Pepito hochait la tête en les redécouvrant une à une.

Nous étions assis par terre, entourant notre mère qui considérait chaque visage d'un air attentif, ses yeux clairs intensément brillants pendant qu'il lui expliquait tout cela...

Il soupirait :

« Ah, le Mexique, quel problème, quel monde à refaire ! »

Il désignait, de son index brun et plat, une toile :

« Celle-ci, regarde, n'était-elle pas très belle ? Tu vois l'œil ? Cette petite tache là aussi, sur la douceur du ventre... »

Mère penchait la tête, tendait le cou patiemment, demandait, d'une voix un peu triste :

« Comment as-tu fait pour m'aimer après tout cela, Pepito ? »

Il sursautait. Il n'avait pas l'air de la comprendre. Il était peiné.

« Mais voyons, chérie, tu m'as pris le cœur, entends-tu ? Le cœur. »

Et il se frappait la poitrine avec violence; son poing retentissait sur sa cage thoracique, ses yeux prenaient une lueur limpide bien qu'angoissée, tant il craignait qu'elle se méprît, qu'elle n'eût pas cru qu'il disait la vérité.

Il y avait une dernière période : la période Amaryllis, celle dont il déclarait en riant n'être pas près de se libérer. Il peignait sa femme le plus souvent nue, ou drapée dans une étoffe qui la vêtait moins qu'à moitié.

Grand-père et Grand-mère, hébétés, les jambes coupées, assis sur des tabourets, considéraient ces esquisses magnifiques d'impudeur tranquille et d'amour partagé. Le corps de Maman était rose, d'une pâte si fondante qu'elle devenait palpable aux yeux, prenait aux cuisses une consistance telle qu'on eût voulu la mordre. Souvent elle semblait dormir, dans des postures de repos total, tête couchée dans ses bras pliés, les jambes closes. Il émanait de ce sommeil, car le plus souvent le jeudi elle s'endormait de fatigue en gardant la pose, une telle plénitude, une telle détente, un abandon si grave, une sûreté de soi si paisible, qu'on avait l'impression unique, rare, d'une personnalité de femme achevée, épanouie des cheveux aux talons, dans la sérénité d'une vocation double, amante et gardienne de la vie. Des lignes presque toujours circulaires, soutenant le buste, le bassin, les coudes, les genoux, parachevaient cette impression d'univers parfait, de vie en rond, mais de toutes parts irradiante.

Grand-mère plissait les yeux, toussait avec embarras, désignait à la volée un vase de fleurs, aiguillait son attention irritée vers des images moins insolites...

« C'est très joli, Pepito, mais, franchement, je préfère ces géraniums. »

Et notre père, avec cette générosité, cette tendresse de cœur qui le préservait de la vanité et de la hargne des artistes incompris, offrait à Grand-mère une aquarelle verte et rose, un petit bouquet de marguerites, délicieux et décent, qu'elle ferait encadrer et mettre en belle place dans sa chambre à coucher. Elle y reposerait son regard, y noierait une rancune : le souvenir de sa fille nue, le chignon défait, appétissante comme une crème, solennellement dévoilée à des yeux d'enfants et de vieillards.

Au sortir de l'atelier nous étions tous irrités, pour des raisons diverses, contents d'en avoir fini, comme après une épreuve douteuse, mais obligatoire, d'examen. Chacun s'empressait de parler d'autre chose. Maman en voulait à ses parents de ne pas comprendre Pepito; elle se serrait le long de lui, le couvait du regard, semblait le défendre contre leurs arrière-pensées.

Pepito proposait :

« Grand-père, allons voir le jardin.

— Ah, oui, tiens, c'est une bonne idée. »

L'enfant que j'étais aimait beaucoup ces promenades dans les allées. Je tenais Papa d'une main, Pépé de l'autre. Tous deux unis, comme pacifiés par ce lien commun, échangeaient des propos à ma portée, à la portée commune, et qui les réconciliaient. Grand-père savait un gré infini à Pepito d'entretenir les planches avec soin, de ne pas négliger totalement les obligations de son ménage; il y voyait la marque d'une volonté réconfortante pour nous tous. Nous avions des oignons, des radis, des petits pois superbes. Quand il avait plu, les feuilles des poireaux trempaient leur extrémité dans la boue, comme les chevelures hagardes de divinités lacustres; tant de verdure contentait ses yeux.

« Il faudrait, Pepito, que vous mettiez en début de saison quelques salades sous cloche; vous pourriez ainsi en avoir sur la table beaucoup plus vite. »

Il rêvait quelques secondes :

« Chez nous, j'en ai encore quatre toutes neuves, non utilisées. Je vous les passerai.

— Merci, Papa. »

Je répétais en écho, avec ferveur :

« Merci, Grand-père. »

Ils s'arrêtaient tous deux, fortement émus, en me regardant. Pépé me serrait maladroitement la nuque et demandait d'une voix enrouée :

« Carlos, n'est-ce pas, est un bon petit garçon ?

— Oui, oui, assurait Père; les autres petits aussi, et leur Maman les élève bien. »

Pépé était alors bien, bien content, et moi très joyeux de les sentir si doux, si satisfaits à cause de moi, des jumeaux, de Maman, des beaux légumes, de tout ce qui constitue les vertus qui mènent au bonheur.

Le soir, à six heures, ils s'en allaient. Grand-mère, du fond de la voiture, nous faisait de petits signes. Elle remportait le panier vide. Papa courbait la tête, souriait largement. Nous regardions la Renault disparaître en silence. Pepito rentrait le premier. Maman demeurait là, sur le trottoir, grattant la poussière du bout du soulier, comme une cavale inquiète. Avaient-ils été vraiment contents de leur visite, tranquillisés ? Elle était encore auprès d'eux, percevait leur inquiétude, leur défiance, par toutes ses fibres, répondait, au fond d'elle-même, à leurs questions informulées. Jamais sans doute, aussi longtemps qu'ils vivraient, ne la quitterait ce sentiment spécifiquement filial de culpabilité envers eux. Mais son mari l'attendait, la guettait derrière la porte;

elle courait presque, avec nous, jusqu'à la maison pour se jeter dans ses bras, retrouver tout ce qui faisait ses raisons de vivre. Elle tenait, serré dans sa main, un billet de cent francs que Mémée lui avait glissé avant de partir, pour compenser les frais du déjeuner.

IV

J'avais neuf ans; maintenant les jumeaux savaient lire. Papa venait, pour la première fois, d'exposer officiellement au chef-lieu. Depuis des années déjà, la municipalité de l'Hôtel de Ville de Paris accrochait dans ses salons quelques-unes de ses toiles, et lui en achetait régulièrement.

Pepito nous avait quittés en octobre, pour une quinzaine, au moment de l'exposition. Il avait couru les ateliers, partagé le lit d'un ami, repris pour quelques jours de vieilles habitudes bohèmes : nuits blanches, repos diurne, beuveries au raki, discussions virulentes, plaisanteries de corps de garde, ignorance du temps qui passe et de la précarité de la vie. Maman le laissait faire, cachant derrière un beau sourire patient la jalousie assez féroce de l'épouse obligée de lâcher les guides.

Une lettre brève, ou plutôt une sorte de télégramme, car Pepito écrivait très mal le français, nous avait annoncé son retour.

« Carissima mia, je reviens le treze, par le car du soir, avec de petits cadeaux. Besers de ton Pepito. »

Aussitôt la tête nous tourna, à tous les quatre. Nous savions lire entre les lignes. Père avait dû vendre, et bien vendre, puisqu'il ne se contenterait pas, cette fois, en rentrant, de remettre à Maman la somme acquise, et qu'il avait cru pouvoir en gaspiller une partie.

La classe terminée, Maman m'envoya aussitôt aux œufs; les jumeaux coururent à la boucherie, avec un petit papier où elle avait écrit : « S'il vous plaît, monsieur Cassier, mettez-moi une bonne livre de ragoût de mouton; prenez le billet qui se trouve dans le porte-monnaie et replacez-y la monnaie. Merci beaucoup. Madame Sanchez. »

La préparation d'une crème caramélisée occupa la soirée, avec le mijotage de la viande et le rizotto.

Amaryllis s'inonda d'eau de Cologne et, tous les quatre, nous allâmes chercher notre voyageur, sur le coup de 19 h 10.

Père avait certainement trouvé preneur pour sa toile *Femme et ses enfants à la toilette*.

Durant les vacances dernières, chaque après-midi, nous avions posé dans l'atelier, la porte fermée au verrou. Une lumière rousse, tumultueuse, fardait notre groupe nu, magnifiait notre animalité émouvante et joyeuse. Maria-Louisa, assise dans une bassine de terre, serrait sa poupée contre elle. Ses cuisses et ses épaules débordaient, ses orteils remuaient en l'air, ses cheveux cachaient plus qu'à moitié son visage penché vers la « Carissima » qu'elle berçait. Elle était ronde, replète, foncée, intensément féminine. Tout en la peignant, Père lui disait :

« Maria-Louisa, tu es déjà une petite femme. »

Roberto, assis sur une table, les jambes pendantes, tambourinait avec ses mains sur la toile cirée et chantait pour sa sœur :

Carissima, veux-tu du riz?
Veux-tu du lait, mon agnelet?
Veux-tu un baiser, mon roitelet?

Je m'agrippais à notre mère, à mi-hauteur de son ventre. Père lui avait paré les reins d'un pagne bleu. Son buste, d'une blancheur inouïe à côté du nôtre, s'inclinait vers moi. Elle tenait, d'une main, une éponge posée sur ma nuque. Mes mains s'enfonçaient, à travers l'étoffe, dans la chair veloutée de ses hanches. Je m'appuyais contre elle de tout mon poids, ivre de bonheur et de fatigue, car il fallait demeurer sans bouger de longs instants, aussi longtemps que Père sifflerait entre ses dents durant son travail. Je fermais les yeux, soutenu par la chaleur du corps de ma mère, par ce sifflement cahotique, syncopé, les membres raidis entre la volupté et la musique.

Père finissait par s'étirer avec des gestes gourds. Il s'arrêtait, disait :

« Vous verrez, tous les quatre, j'ai trouvé une lumière pour chacun. Carlos est bleu, Roberto jaune, Maria c'est du praliné, votre mère c'est un lis; mais il faudra, de toutes manières, que toutes les couleurs soient patinées par le soleil. Ce qu'il y a de très joli chez Carlos, c'est l'étroitesse des reins et cette enflure du bas-ventre. Roberto et Maria, c'est autre chose, une rondeur, quelque chose d'astral, de très proche encore de la conception... Votre mère, c'est une consécration de la vie... Carlos, tire un peu avec tes doigts sur le tissu de la jupe de Maman; c'est pour affermir le bondissement des hanches. Amaryllis, si tu ne bouges pas encore deux minutes, je pourrai te mettre de l'or au bout des seins, tu en as en ce moment. Je veux qu'on voie que tu es ma fortune. Amigos, rien n'est plus beau que vous quatre... »

Je sentais la main de Maman trembler de lassitude, à maintenir l'éponge dans mon cou; de temps en temps, elle essayait de bouger, à peine, le bout de son pied, pour le soulager d'une crampe. J'avais des fourmis à mes doigts crispés sur l'étoffe, une petite douleur entre les épaules. Les jumeaux, obéissants, immobiles, finissaient par s'assoupir. C'était sans importance. Père était heureux, nous ne pouvions pas faire moins pour lui que d'accepter cet effort; après, nous irions admirer son ouvrage, récompense dont la magnificence nous paierait mille fois de notre attente humble et résignée.

C'était nous; c'était nous ce groupe fauve et mauve, avec des taches de clarté aux jointures, ces gestes d'envol. L'éponge, symbole de la purification des souillures quotidiennes, avait l'air de luire sur mon dos; et toute la scène « Femme et ses enfants à la toilette » avait la transparence du cristal. Maman, derrière Pepito, l'entourant de ses bras, le berçait. Elle disait :

« Comme nous sommes beaux! Enfants, rhabillez-vous, allez jouer dans la cour. Je vous ferai du Banania pour votre goûter..., tout à l'heure, mais j'ai les membres un peu raides; il va falloir, mon Soleil, que tu me frictionnes les jambes, ma circulation se fait mal... »

Nous partions, l'air important, contents de nous, tranquillisés. Nous les avions laissés tous deux. Papa tenait un gant de crin dans sa main droite; Maman, étendue devant lui sur le lit, tendait la jambe qu'elle avait longue, armée d'un pied aigu à la façon d'une lance. Son visage était en sueur. Pepito, penché vers elle, la couvait d'un regard avide en lui massant la cheville. Maman serait certainement en retard pour le Banania, nous ne l'aurions pas avant cinq heures... Alors elle surgirait précipitamment de l'atelier, les tresses défaites, traînant ses espadrilles comme des savates éculées. Elle frapperait dans ses mains :

« Enfants, enfants, venez m'aider pour la cuisine, je vous ai promis du chocolat... Mon Dieu, j'ai oublié de préparer le linge pour la laveuse et je n'ai pas arraché les poireaux. »

Elle nous regarderait d'un air de mystère, éclatant de rire à une pensée réconfortante :

« Il est vrai, enfants, que je ne peux pas, avec le mari que j'ai, arriver à tout. »

J'aimais apercevoir Papa lorsqu'il rentrait. Découvrir, à travers les vitres du car, son profil abrupt me tirait des larmes et, plus encore, sur ce visage redoutablement expressif, cette douceur à fleur de peau qui animait son sang dès qu'il nous reconnaissait.

Ce jour-là, il enjamba le marchepied avec un grand rire qui fit sursauter tous les passagers. Sa vieille valise cabossée lui étirait l'épaule gauche. Un mystérieux colis ficelé dans un papier rouge à la main droite, son foulard de soie jaune bouchonné autour du cou, son pantalon de velours froissé et terni aux genoux, ses souliers mal cirés, férocement, magistralement beau, il leva le bras droit à l'extrémité duquel le paquet suspendu se balançait comme un lampion ventru de fête foraine, et prononça solennellement :

« Je vous salue, Amigos... »

Nous l'attendions au port d'armes. C'était notre père.

Les voyageurs ébahis tendaient dans notre direction un cou démesuré, des yeux globuleux. Nous les regardâmes avec une sorte de hauteur, car nul ne savait, comme Papa, éclabousser le silence d'une voix aussi forte, ni s'adresser aux siens avec un tel panache.

Il posa à terre ses deux fardeaux, nous empoigna les uns après les autres, pour nous embrasser. Un instant, soulevés, happés par cette force, nous eûmes notre visage contre le sien; je faillis crier de joie à retrouver le parfum de laine et de vieille pipe de ses habits. Sa moustache à l'arôme musqué me chatouilla les narines. Maman, au milieu de nous, un peu raide, un peu pâle, attendait sans rien dire. D'habitude, c'est toujours vers elle qu'il allait d'abord. L'ayant enfin regardée en face avec une expression de taquinerie terrible, il nous demanda :

« Amigos, qui est donc cette belle dame qui est là, avec vous? Ne serait-ce pas votre maman, muchachos? Amigos, permettez-moi de vous faire de très grands compliments. Je n'ai jamais vou oune si splendide personne... »

Esquissant devant elle un plongeon savant, d'un ton d'afféterie galante, il la supplia :

« Consentiriez-vous, señora, pour ce soir, et pour les autres soirs (et son bras lui montrait les étoiles, comptait au ciel les promesses amoureuses des millénaires) à devenir ma Carissima? »

Avec un rire étouffé, elle tomba dans ses bras. Il l'encerclait tout entière. Nous le vîmes lui mordre l'oreille; tous deux fermèrent les yeux et nous oublièrent une seconde.

Nous défilâmes en triomphe dans les ruelles du bourg. Nos parents marchaient devant nous, bras dessus, bras dessous. Nous suivions, l'œil fleuri, en cortège, comme pour des épousailles. Une lune de miel perpétuelle, semblait-il, enrubannait la place, le toit de l'église et de la mairie; un de ses rayons obliques barrait la devanture du boucher, comme le grand cordon de soie blanche sur une poitrine royale; nous étions sans âge et sans souffrance. Vingt ménagères, que le son de voix de Pepito attirait aux portes, parurent et saluèrent. Père leur demandait des nouvelles de leurs rhumatismes ou de leur chat. Sa faconde d'homme du Sud qui ramenait un peu d'argent dans ses poches, magnifiait son lyrisme jusqu'à l'humour.

« Ah! disait-il, Femme, je suis moins connu à Paris, qu'à Saint-Christophe, mais Dieu qu'il fait bon, pour un pauvre Indien, de rentrer dans sa réserve. »

Il plaisantait ainsi sur les misères de sa race, dans les moments d'extrême bonheur...

Le dîner eut lieu dans une atmosphère d'incroyable réjouissance. Père avait ouvert le paquet pourpre. Maman reçut une nappe de toile écrue, brodée de jolis motifs bruns d'inspiration étrusque, et un gros collier à boules d'ivoire. Maria-Louisa eut une poupée mexicaine et un jupon; Roberto et moi un arc et des flèches; et chacun de nous une douzaine de mouchoirs.

Pepito, avec son désintéressement habituel, n'avait rien acheté pour lui.

Au dessert, il demanda qu'on allumât toutes les lampes et réclama le silence. Il se leva de table et se fit un turban avec sa serviette. Il nous apparut qu'il se concentrait comme un fakir; ses sourcils se froncèrent sous l'effort qu'il faisait pour entrer en contact avec les esprits; il brassa l'air saturé d'odeur de victuailles, s'isola, par une convulsion lente de tout son corps attentif, de l'atmosphère bonasse et familière. Brusquement immobile, il nous sembla qu'il avait trouvé. En effet, il sortit son portefeuille, le considéra d'un air de crainte dans la paume de sa main, le retourna sans l'ouvrir, souffla dessus pour en chasser les divinités impalpables mais hostiles, nous le fit passer à chacun sous le nez, parce que :

« Mesdames, Messieurs, affirma-t-il, c'est bien vrai que l'argent n'a pas d'odeur. »

Et, l'ayant enfin posé à plat au centre de la table, il ordonna d'une voix terrible :

« Attention, que personne ne sorte. »

A genoux sur nos sièges, hors de nous-mêmes, hypnotisés, nous regardions le petit rectangle de maroquin qui faisait tache...

« Que la plus charmante dame de la société ouvre ce portefeuille et veuille bien annoncer, à l'honorable compagnie, la valeur des billets qu'elle va y trouver... »

Amaryllis se pencha, chercha et finalement retira deux billets de mille francs.

Cela dépassait toutes nos espérances. Je vois encore le contentement extasié du visage de Mère, le sourire de notre père, dont la peau mate luisait d'orgueil, comme un lingot.

« Oh, Pepito, rit-elle, quelle fortune, mon grand homme. Une vraie mine, tu es une vraie mine! »

Elle avait fait le tour de la table, rapidement, pour venir se placer derrière lui. Il s'était rassis. Elle embrassait son héros enturbanné, sur la nuque et sur les épaules, et Papa s'épanouissait encore, par degrés, comme un enfant.

Il chantonnait :

« Je suis une mine, enfants, je suis la mine d'argent la plus grosse de la Sierra Madre, et votre mère, savez-vous ce qu'est votre mère? Elle est mon Popocatepetl...

— Et nous, Papa, qu'est-ce que nous sommes?

— Vous êtes mes yeux de lynx, mes aigles noirs, mes petits Apaches normands... »

Il leva son verre et porta des toasts extraordinaires, auxquels, gavés de mouton et de vanille, en proie à l'euphorie la plus olympienne, nous faisions écho en brandissant nos timbales d'eau claire :

« Viva les libérateurs du Mexique,
— Viva les libérateurs du Mexique.
— Viva Hidalgo,
— Viva Hidalgo.
— Viva Morelos,
— Viva Morelos.
— Viva Benito Juarez,
— Viva Benito Juarez.
— Viva Emiliano Zapata,
— Viva Emiliano Zapata.
— Viva Pepito Sanchez, lança notre mère.
— Viva Pepito Sanchez... »

Un mois après, eut lieu l'exposition en province.

Papa, sans grande conviction, s'y était résolu surtout pour plaire à sa femme, secrètement désireuse d'un peu de gloire régionale, d'une sorte de mise au point officielle de ses talents.

Nous voulions voir ce que nous n'avions jamais vu : une grande salle toute blasonnée de ses toiles, et des gens élégants venus pour les regarder. Nous passâmes donc par une crise de vanité inquiète qui l'agaçait, lui, fortement.

Pepito entretenait d'excellents rapports avec le directeur des Arts et Métiers. Grâce à lui, on mit à sa disposition le foyer du théâtre municipal.

Le car emporta des caisses de toiles soigneusement capitonnées de paille.

Durant quelques jours, Père se rendit en moto au chef-lieu. Il revenait fourbu, le chapeau de travers, l'air préoccupé.

Des invitations officielles furent envoyées jusqu'à l'Académie, à la Préfecture.

Maman rassembla toutes ses forces, un entêtement buté, ombrageux, de Monceau, pour faire face aux obligations du vernissage. Le maire devait inaugurer l'exposition. Depuis quelques jours, l'annonce de l'événement défrayait la chronique dans les bonnes maisons.

La curiosité, la malignité publique, la sympathie intelligente de quelques-uns, se concentraient autour de ce couple : elle, modeste institutrice de petit bourg, lui,

Aztèque métissé en rupture de ban, qui peignait dans un hangar des croûtes pas si mal que ça, puisqu'il en vendait à la Ville de Paris, « des gens sans argent, toqués, cela va sans dire, qui avaient d'ailleurs trois beaux enfants. Ce Sanchez était, paraît-il, un colosse cuivré, une force de la nature, très curieux à voir. Et sa maîtresse d'école, qui l'eût cru? devait avoir un sacré répondant. Il ne fallait surtout pas rater un machin pareil ».

Notre mère était fière, fine, amoureuse, mais comme toutes les femmes, malgré tout, sensible au qu'en-dira-t-on. Le souci de faire bonne figure, de clouer le bec aux commères, la rendit, non point odieuse, mais irritante pour son mari, qui de sa part supportait tout, sauf cette métamorphose, subite pour lui, mesquine, insupportable, en bourgeoise implacablement sûre de ce qui se fait et ne se fait pas.

Qu'elle eût décidé — ce qu'il trouvait déjà passablement inutile, et ridicule — que nous paraîtrions devant le préfet en costume de velours noir, chaussettes blanches et souliers vernis, passait encore; mais qu'elle prétendît lui imposer, à lui, certaines normes vestimentaires, cela faillit bien tourner au tragique...

Je la vis pour la première fois toiser Pepito, taper du pied et lui jeter :

« Mon ami, tu as du talent, je t'adore, mais cette exposition sera une réussite, malgré toi. J'entends que tu aies des vêtements décents; ce qu'il te faut, c'est un costume de serge, bleu foncé, à veston croisé, parfaitement, et même, même, mon cher, des chaussures de ville, noires, qui n'aient pas perdu leurs lacets. »

Sa voix était montée très haut, grinçante.

Il ferma à moitié les yeux; un seul rai de lumière, d'un éclat particulier, presque blanc sous ses paupières, s'alluma, comme à chaque fois qu'il commençait à devenir dangereux.

« C'est cela, dit-il, en lui tournant le dos tranquillement, tu as raison. Je comprends très bien que, comme institutrice à Fouilly-les-Oies, tu aies un rang à tenir. Je t'avertis, en même temps, que c'est la première et la dernière fois que ma femme se mêle d'exposer à ma place. »

Puis il sortit.

Instant cruel!...

Maman s'assit, un peu hagarde, regarda autour d'elle les objets sans plus les voir; sans doute les meubles tanguaient devant ses yeux et son cœur s'était mis à saigner.

De ce coin tranquille, à la frontière de leur bataille, où je feignais de décalquer des écureuils et des oursons, où je me tenais, vigie discrète, sensibilisée à leurs moindres coups, aussi vibrante qu'eux-mêmes à la morsure de leur couteau, je jaillis vers elle. Elle sanglota dans mes bras frêles. Je l'écoutais contre moi, sourde voix de fillette prisonnière, égrener le chapelet d'une prophétie tragique :

« Ton père me fera mourir; cet homme me fera mourir... »

J'étais déjà trop grand, trop mûri par l'expérience pour y croire. Je lui prodiguai, en buvant ses larmes à petits coups de baisers, de sages conseils.

« Non, dis-je, tu ne mourras pas. Papa cédera pour le costume, mais tu devrais t'y prendre bien doucement.

— Bien doucement? »

Elle avait cessé de renifler pour penser, me sembla-t-il, raisonnablement, en adulte, en bonne épouse aussi. Il me parut qu'elle me considérait avec admiration et se calmait; en tout cas, elle m'embrassa bien fort.

Père revint et s'absorba ostensiblement dans la lecture d'un journal.

Je m'étais remis à décalquer.

Amaryllis s'ébroua, me jeta un coup d'œil complice, sourit à quelque idée bienfaisante, s'approcha de son mari dont les traits semblaient redoutablement figés par le dédain. Elle hésita une seconde, rougit légèrement et je la vis s'asseoir par terre, en rond comme un petit chat, entre les jambes de mon père... Il cilla à peine, ne fit pas un geste pour la retenir ou la repousser...

Un grand silence s'établit. En haut, les jumeaux faisaient leur sieste du jeudi. D'une main précautionneuse, je collais des images sur mon plumier. Le tic-tac du réveille-matin avait pris une extraordinaire amplitude de son. De temps en temps, Papa froissait son journal, en tournait les pages, sans ménagement pour le chignon d'Amaryllis. A hauteur de son gilet, humiliée, mais sereine, elle recevait, sans sourciller plus que lui, de grandes claques de papier d'imprimerie sur le nez.

Je regardai le visage de Père. Je vis qu'il s'amusait prodigieusement. Maman, n'osant lever sa figure, qu'elle avait encore rouge et tuméfiée, poussait de gros soupirs pour l'émouvoir. Cette tentative d'amnistie muette dura un bon petit quart d'heure. L'ennemi paraissant insensible, Maman se mit à ronronner, à gratter le pantalon de Papa avec ses ongles. Elle reçut alors une légère bourrade et un « Paix, femme » éclata dans le plafond du silence, comme un obus.

Avec une totale résignation, elle s'immobilisa aussitôt, laissant sa tête couchée pendre, comme celle d'une morte, sur la cuisse de son mari. Finalement, à la sentir si chaude, si démunie, si humble, il n'y tint plus; il jeta son journal, se pencha sur elle comme sur un petit enfant mal élevé, mais émouvant.

« Qu'est-ce que tu mijotes, petit poison?

— Pepito mio, mon Soleil, mon petit amour, je ne mijote presque rien. Laisse-moi seulement t'acheter un costume bien coupé. N'as-tu jamais soupçonné comme un homme de ta prestance et de ton allure serait éblouissant dans des vêtements classiques?

— Tu me flattes maintenant, délicieuse bougresse. C'est à cause du préfet. La dame a de l'orgueil! Mais tu veux donc, petite malheureuse, que je te trompe avec les jolies femmes qui viendront voir mes toiles, qui me trouveront du talent et de la beauté? »

Elle pouffa dans son gilet.

Une heure après, dans une vague de poussière et de froid, emmitouflés jusqu'au nez dans de vieilles laines, nous filions à toute allure, sur la route nationale, vers le tailleur. Une fumée spectaculairement noire, empanachait notre sillage comme à l'accoutumée.

Alors que Maman, les jambes coupées, mais très belle ce jour-là dans une simple robe noire serrait l'une contre l'autre deux mains poisseuses de sueur, Pepito fit les honneurs de sa collection à tous, avec une simplicité, une rondeur victorieuses.

Père était, à sa manière, un roué et un sage. Il nous a souvent répété que le secret de se faire admettre, de prévenir le scandale et la curiosité mi-figue, mi-raisin de ceux qui vous sont étrangers, vous méprisent, vous plaignent ou vous condamnent, c'est de se conduire en face d'eux avec le maximum de naturel. Plus tard, quand je fus en âge de quitter ma famille pour poursuivre mes études d'architecte, il devait prononcer, pour nous tous, les paroles suivantes :

« Carlos, et toi Roberto, et toi Maria-Louisa, vous êtes beaux, vous êtes forts, aucun de vous n'a jamais manqué de cœur. Mais plus foncés que la moyenne des gens de ce pays. On vous soupçonne peut-être d'être différents. Vous savez, on a toujours tendance à s'imaginer, quand on entend un homme parler dans un dialecte inconnu, qu'il dit des choses épouvantables, comme : « Apportez-moi mon sabre, je vais vous égorger tous », alors qu'il déclare qu'il a un goût certain pour les plats mijotés, qu'il préfère les blondes aux rousses, ou qu'il aimerait apprendre le métier de bâtisseur. Arrangez-vous, tous les trois, pour qu'on vous comprenne très vite, cela ne dépend que de l'aisance de vos gestes, de la franchise de vos yeux et de votre amour du travail bien fait, c'est cela la langue universelle, il faut forcer l'estime en parlant clair! »

Et c'est ainsi que Père dévoila ce jour-là, sans vergogne, avec une épaisse tranquillité, aux yeux d'un public de province souvent mal intentionné, parmi les profils charmants, joyeux ou tristes de ses enfants, la beauté d'un modèle nu, où tout le monde, jusqu'au personnel de la préfecture, était bien obligé de reconnaître son épouse.

Accueil désarmant que le sien! Les jumeaux, ravissants à voir, ronds et basanés, propres comme des sous neufs, enchâssés dans le velours jusqu'au cou, le suivaient de près, comme de jeunes chiens amoureux de leur maître. Le préfet, prodigieusement amusé d'abord, puis séduit par ce trio familial, s'extasiait sans arrière-pensée.

Au milieu d'une merveilleuse série de portraits, les nôtres et ceux des écoliers de Saint-Christophe (dessins à la plume, gouaches délicates), des scènes de jeux dans les cours chantaient de toutes leurs couleurs, des sabots claquaient, des barrettes se perdaient au sol, un univers de liberté virevoltante vous éclaboussait au passage. Chaque toile vous rafraîchissait le visage comme un vent qui claque.

« J'aime la clarté de cette lampe, disait le préfet.

— C'est la lampe de travail de ma femme; elle s'en sert pour corriger ses cahiers.

— Ces deux nus sont très beaux...

— Je les dois à ma femme. C'est un merveilleux modèle; il suffit qu'elle pose pour que tout devienne moins difficile... »

Il faisait signe à Maman d'approcher. Il la présentait à sa manière, avec une ferveur qui rendait fade la courtoisie traditionnelle :

« Je vous présente Amaryllis Sanchez, ma chère femme. »

Malgré eux, les hommes faisaient des coquetteries, les femmes se sentaient émues par tant d'amour.

Nous vendîmes pas mal d'études et de portraits. Il y eut dans les journaux locaux de bons articles de critique. Nous vécûmes alors quelque temps dans une atmosphère d'euphorie redoublée et de relative aisance. Nos vêtements furent renouvelés; nous achetâmes une cuisinière neuve et des draps.

V

Un matin de mai, vers dix heures, l'inspecteur entra dans la classe. Maman avait justement ses règles. Papa lui avait réchauffé le ventre, qu'elle avait gonflé et dur, avec un fer à repasser tiède; il nous avait solennellement exhortés à ne pas l'irriter en quoi que ce fût ce jour-là. De mon petit coin, il m'en souvient, je la surveillais. Elle avait deux cernes gris au bord des yeux, grimaçait de temps en temps, interrompant une phrase pour s'asseoir, et réchauffait l'une contre l'autre ses mains qu'elle avait glacées. Elle parlait sur un ton monocorde; je la guettais, raidi de souffrance inutile. Je savais comment les enfants naissaient, j'aurais voulu serrer ma tête contre ce ventre d'où j'étais issu, me coucher le long d'elle, aspirer, en la baisant, sa chair tendre, extirper ce mal rituel dont elle était prisonnière. J'aimais ma mère d'amour, à la manière de mon père; il m'avait naturellement fait son complice, nous nous entretenions ensemble des malaises, des caprices et des goûts d'Amaryllis; nous formions une espèce d'équipe. J'aimais ma mère en enfant et en homme, exactement comme lui. Nous ne faisions aucune différence entre ses sentiments et les miens; nous l'aimions, voilà tout. Nous savions qu'à midi, puisqu'elle était souffrante, précisément, elle prendrait une tisane, déjeunerait avec une bouillotte d'eau chaude serrée contre elle, s'étendrait une petite heure au lieu de corriger ses cahiers. Notre père, absorbé par la composition d'une ronde enfantine esquissée sur le vif dans la cour de l'école, se doutait peu, dans son atelier, du drame qui se jouerait dans la classe ce matin-là.

M. Lafond frappa à la porte. Amaryllis tourna la tête, aperçut le visage un peu glabre sous le feutre clair, sursauta... Jamais nous ne l'avions vue aussi rouge. Elle alla ouvrir. Son supérieur hiérarchique lui tendit une main sèche. Nous nous étions levés. Il envisagea la salle, parut médusé par les toiles qui la décoraient, se reprit aussitôt. Avec des gestes calculés, il posa son chapeau sur le pupitre du bureau, dénoua son foulard et s'assit à la place de notre mère. Nous ne vîmes plus que ses cheveux gris-fer, son front incliné; son écharpe recroquevillée faisait un rond comme une couleuvre en sommeil. Il y eut le petit déclic d'acier de sa serviette qu'il ouvrait et l'éclair jaune, discret, un peu menaçant, de son stylo d'or entre ses doigts fins.

Maman demeurait debout, stupide, incapable de se reprendre. Il releva un visage surpris et, comme ce n'était pas un mauvais homme, il s'aperçut qu'elle avait les lèvres bleues, qu'elle avait peur. Il essaya de lui sourire. Il était nouveau dans le ressort de l'Académie, mais il avait entendu parler d'elle, de son mari surtout...

Brusquement elle craignait son jugement, redoutait ses préventions... Face à cet homme courtois, décent, attentif, elle se reprochait son mariage, sa passion pour Pepito. Elle s'affolait de n'être pas une institutrice comme les autres, de porter un tablier de couleur violente, un chignon enrubanné retenu par un peigne espagnol, un collier énorme, de ne pas répondre à l'image traditionnelle du métier, de ne pas entrer avec aisance dans le cadre ordinaire des chromos scolaires.

En tout cas, elle s'imaginait tout cela, et ressentait une culpabilité enfantine qui la paralysait.

Elle était là, gorge nouée, et je me suis mis à souffrir de nouveau pour elle.

M. Lafond lui tendit une perche de secours. Il demanda qu'elle nous fît réciter. Je la vis reprendre souffle. Nous levions des mains enthousiastes.

Amaryllis nous avait donné le goût du théâtre, cette assurance faite de simplicité et d'affirmation de soi qui la caractérisait d'ordinaire. Nous connaissions le « ton » qu'il fallait prendre. C'était un air de musique; il fallait monter puis redescendre, crier de joie, sangloter, ou même sautiller de la voix. La danse, le mime, la chanson resculptaient les mots, l'explosion du verbe devenait la magistrale synthèse de tous les arts réunis.

L'inspecteur nous considérait avec attention. Nous suivions, tout bas, avec nos lèvres, le récitant; chacun de nous aurait voulu être à sa place. Il finit par se lever. Il brûlait de voir de plus près les toiles de Pepito. Il les examina d'un air qui se voulait parfaitement objectif et guère étonné, mais il ne pouvait se contenir, et *La lune blanche* aimantait ses yeux gris.

J'ai retrouvé, plus tard, dans les papiers de Maman, son rapport d'inspection dont elle avait gardé le double. On pouvait y lire :

« Je ne peux que louer le goût singulier que l'institutrice a réussi à faire partager aux enfants pour la poésie... Les toiles qui décorent sa classe et illustrent chaque poème sont d'une valeur indiscutable. C'est là une initiative qui peut sembler hardie, mais les résultats excellents justifient amplement l'originalité de ce système quc je ne saurais cependant recommander partout, Mme Sanchez bénéficiant de l'avantage exceptionnel — en la personne de son mari, qui est artiste peintre — de matériaux artistiques privilégiés. »

Il m'avisa, me sourit, me soupçonna, à mes cheveux noirs et frisés, d'être son fils, et m'ordonna directement de réciter ce que je voudrais. Aussitôt, je commençai : « La lune blanche », en me tournant vers la toile de mon père. Maman a dit souvent depuis qu'elle m'avait senti animé d'un feu intérieur si au-dessus de mon âge, petite silhouette droite, insolite, dressée comme un défi, comme une justification, plutôt, de l'art de son mari et de sa compréhension à elle du monde poétique, que sa peur s'était dénouée comme un chiffon. Je le perçus instantanément à la manière ferme dont elle nous invita à ouvrir nos livres, à raisonner nos problèmes, à la sûreté retrouvée de ses gestes énergiques.

A onze heures et demie, nous nous dispersâmes. Lafond resta dans la classe; il s'était de nouveau assis, jetait des notes. Maman nous retint :

« Dites à Papa que je viendrai plus tard, puisque Monsieur l'inspecteur est là. »

Il leva un visage bienveillant :

« Mais il me semble que vous avez des

jumeaux et un grand garçon qui aime déjà beaucoup la littérature... »

Il nous fit un petit signe amical; nous disparûmes d'un seul vol...

« Merde, merde, jura Papa. La pauvre, avec son ventre... Quelle tête il a l'inspecteur, Amigos ?

— Il est grand et vieux, précisa Maria-Louisa. Carlos a récité *La Lune blanche.* »

Il hochait la tête, grommelait on ne savait quoi en espagnol. En réalité, il souffrait dans son amour et son orgueil de la sentir là-bas, essuyant des observations et gardant bouche close, ou faisant : « Oui, oui », d'un air soumis qui lui seyait si mal.

« Oh, dit-il tout haut, pourvu qu'elle ne se fasse pas engueuler, ce serait trop injuste, une femme comme elle... »

Je conclus, attentif à ses paroles vigoureuses :

« Il faut lui faire une bouillotte... et lui acheter du vin; elle a besoin de vin. »

Pepito avait tiré dix francs de sa poche. Je me précipitai, avec un litre vide, à la recherche de cet élixir.

Nous vîmes l'inspecteur traverser la cour en compagnie d'Amaryllis. Il tenait son chapeau à la main, parlait avec animation. Dès qu'il l'eut quittée, nous vîmes Maman courir vers la maison. Pepito lui ouvrit les bras, la serra fortement. Elle se mit immédiatement à pleurer, tandis qu'il égrenait de petits mots tendres et stupides :

« Oh, le bébé, le méchant bébé qui a peur de son inspecteur et qui court se réfugier dans les bras de son cher mari... »

Elle se détacha de lui, se jeta sur le divan. Elle battait l'air de ses mains, fermait les yeux, les rouvrait, psalmodiait par onomatopées primitives, se frappait le front du poing. Nous la considérions, intéressés, chacun essayant de comprendre ce qui se passait en elle, livrée à cette extraordinaire détente intellectuelle et physique, à la mesure du danger mystérieux qu'elle avait couru...

Je mis mes mains sur son ventre pour lui tenir chaud et Papa la força d'avaler — bien que la saison fût douce — un bol de vin chaud sucré, qui la saoula un peu. Il la scrutait :

« Amaryllis, je voudrais tant t'épargner tout cela. Tu méritais un homme d'affaires, pas un salaud d'artiste comme moi... »

A l'instant, pendue à son cou, elle protestait. D'ailleurs Lafond avait été compréhensif; il s'était extasié sur l'ornementation de la classe, il l'avait priée d'en faire compliment à son mari...

« Vive Lafond! » hurla Papa.

Et nous nous mîmes à table en célébrant l'excellent homme, sur l'air des lampions.

Maman serrait contre elle sa bouillotte; Papa rêvait tout haut :

« Plus tard, je gagnerai beaucoup d'argent. J'achèterai à votre mère une forteresse au bord de la mer. Je l'y enfermerai avec vous et quatre chiens de garde. Votre maman aura un cheval noir pour se promener. Elle sera si richement vêtue, si belle, que tout le monde la convoitera, mais ils auront tous peur de me la prendre, à cause des chiens... Moi, pendant ce temps-là, je ferai le tour du monde; je reviendrai chaque année près d'elle; elle restera là, comme un trésor au fond de mon coffre... »

Amaryllis avait cessé de manger.

« Faire de moi ta prisonnière et recouvrer ta liberté, est-ce vraiment là ton rêve?

— Oui, oui, confessa-t-il tout bas, c'est mon rêve, le rêve de tout homme franc avec lui-même; mais je t'aime, alors je fais tout le contraire de ce que me dictent mon égoïsme et mes penchants... »

Devant un aveu si grave, si sincère, une sorte de mélancolie s'était installée parmi nous. Maman se penchait avec plus de sollicitude qu'à l'ordinaire sur nous trois, essuyant la bouche grasse de Roberto, coupant en menus morceaux la viande dans l'assiette de Maria-Louisa.

Sans doute, en elle, l'instinct féminin toujours avide de sécurité, s'était mis à souffrir tout à coup devant les tendances du mâle perpétuellement projeté vers l'avant, ce mâle capable de chérir, d'envoûter, dont les bras se referment sur vous, puis se délient. Un besoin soudain d'éternité, de calme mystique la fit se retourner confusément vers l'idée d'un Dieu. Elle désira nous confier à Lui pour qu'Il nous gardât à elle.

Elle regarda ma médaille avec l'ange aux ailes repliées; une pensée jamais exprimée, mais qu'elle ne pouvait plus contenir, jaillit de ses lèvres, comme malgré elle, entre deux bouchées du pain quotidien :

« Il faudrait que Carlos aille au catéchisme. »

Mon père avait lâché sa fourchette; la tranquillité sereine de son regard disparut. L'irritation accentuait ses traits lourds...

« Je ne vois pas pourquoi cela te passe par la tête, comme ça, maintenant. Les enfants n'ont pas besoin d'aller à l'église; ils ont été baptisés pour faire plaisir à tes parents; qu'ont-ils besoin de marmotter des prières? Tu sais bien ce que je pense de la religion...

— Pepito, ne t'emporte pas; nous nous sommes déjà mariés civilement, dans des circonstances mouvementées, c'était sans importance, nous pouvons nous deux faire front à n'importe quoi, mais les petits, eux, ne sont pas forcément du même bois que nous, nous devons leur assurer une existence normale... »

Père éclata. Il s'était levé. Ses mains, enfoncées dans ses poches, faisaient des bosses.

« Parce qu'ils ne sont pas normaux? Ils sont peut-être trop heureux de vivre, trop naturels, trop exactement ce que des êtres humains doivent être. Il faut qu'on leur apprenne ce que c'est que le péché? Tu veux en faire des croyants qui auront la manie de la conversion, qui se tiendront pour le nombril du monde? Tu leur proposes la vérité, mais la vérité elle est ici, dans cette maison, entre toi et moi, et partout où il y a des hommes qui consentent à respecter leurs semblables. Tu veux les rapetisser, hein, à la mesure de ce monde croupissant que protège la puissance des églises...

— Pepito, tu es injuste; tu confonds le spirituel et le temporel. Je ne voudrais pour rien au monde voir mes enfants inclus dans l'orgueil de croyances déformées, d'un appétit de conquête odieusement masqué sous le visage de la foi, de quelle foi d'ailleurs? Mais, au milieu de tout ce fatras, quelque chose demeure, qui est pur, une certaine volonté d'élévation qui mène non pas à l'abrutissement mais à une générosité, une patience, une indulgence plus grandes. Il y a quand même des moments, dans la vie, où l'on doit se recommander à Dieu, quand tout le reste fait défaut. C'est la seule manière de s'exorciser. Je suis catholique, pourquoi ne veux-tu pas que ces enfants le soient? Qu'ils reçoivent une initiation de base à certaines idées mystiques, même si l'apprentissage t'en paraît puéril?...

— Parce que, moi, je suis mexicain, d'un pays où, sous le couvert du Dieu des Chrétiens, on a, depuis Charles Quint, l'empereur très catholique, entretenu une immense misère et terrifié le petit peuple sous la menace des tribunaux de l'Inquisition. Je te rappelle : 1571. Tu oublies trop facilement que tout de même je ne suis pas d'ici, que je n'ai rien d'un homme de ce pays; mon passé est plus lourd, mon expérience terriblement cruelle. Je ne suis pas un républicain français, qui s'est normalement accommodé des impératifs d'une civilisation et d'une religion paisibles, dans lesquelles il a toujours nagé comme un poisson dans l'eau. Je ne suis pas d'Angers ou de Nantes; je suis un métis, moi, le misérable produit du coït d'un quelconque soudard d'Espagne et d'une Indienne, morte de peur et de faim. Tu oublies encore que mon père a travaillé dans les haciendas, chez les planteurs créoles du Nord; que je suis le fils d'un pauvre péon de Morelos, et que, lorsqu'il est parti au côté de Zapatta, en 1911, combattre pour la redistribution des terres, il n'en est jamais revenu. Ma race a été presque entièrement exterminée par ces Espagnols qui nous apportaient les secours de ta religion, une religion de mèche avec les conquérants. »

Maman avait repoussé son assiette; ses mains tremblaient...

« Je te rappelle, Pepito, qu'Hidalgo et Morelos, les deux premiers instigateurs de votre révolte, étaient des prêtres...

— Je sais, dit Pepito, mais je sais aussi que les franciscains, plus tard les jésuites, qui ont régné sur l'enseignement et exercé leur dictature spirituelle, ont laissé tomber peu à peu l'éducation des Indiens pour ne songer qu'à former une élite créole ou espagnole. Le Padre mangeait grassement à la table des maîtres et bénissait, en passant, la maison sordide où nous habitions, avec le doux mépris qu'on éprouve en flattant le col du chien de garde, relégué à sa niche. Quand mon père est entré dans la rébellion, ma mère et nous avons été chassés par les patrons. Le curé a dit que nous serions tous damnés parce que nous ne voulions pas accepter l'humilité de notre condition... Nous nous sommes traînés jusqu'à Mexico, en mendiant. Maman a fait la femme de peine dans les hôtels des bas quartiers. Elle ne demandait pas d'argent, rien qu'un peu de nourriture pour nous cinq. Elle n'osait rien dire quand on nous faisait boire du pulque le samedi pour nous saouler. C'est tellement marrant les gosses ivres! Madre avait le ventre gros et dur qui la brûlait; elle avait perdu six autres enfants; elle est morte, en hurlant, d'une péritonite, une crise aiguë de femme mal soignée à chacune de ses couches. Pourtant, nous allions à la messe, et le Padre exaltait la famille. Mes deux sœurs se sont prostituées; mon frère a volé, il a disparu; nous n'avions pas eu le temps de nous aimer; nous n'étions qu'une nichée de bêtes. Moi, ce qui m'a sauvé, c'est que je voulais peindre. J'étais l'aîné, le plus fort; Madre, quand elle m'a conçu, n'était pas épuisée; mon père non plus; ils m'ont donné le meilleur d'eux-mêmes. J'ai été aide-jardinier, crieur de journaux, cireur de chaussures; à la fin, aide-cuisinier. Tu sais bien que si je suis venu en Europe, c'est en travaillant sur un bateau. Paris, une ville dure, mais accueillante tout de même aux artistes. Et toi, avec ton petit chapeau de provinciale et tes grands yeux!... Ces temps derniers, tu te transformes, on dirait que tu perds une certaine grâce, tu deviens formaliste. Mais je n'accepterai quand même pas tout. Encore deux ans, et tu seras prude comme ta mère; tu ne voudras même plus poser pour moi et je ne peindrai plus que des pétunias. Et puisqu'il s'agit d'établir une distinction entre le spirituel et le temporel, mes enfants n'ont pas besoin de s'agenouiller pour posséder la présence de Dieu... Ceci encore : ici, c'est toi le chef de famille, tu travailles, tu gagnes de quoi nous nourrir. Alors, tu diriges. Que suis-je au juste pour toi? Un énergumène, une fantaisie pittoresque. Je peins, fais la cuisine, je suis le père de tes enfants, je t'aime; mais sais-tu que cela ne suffit pas, qu'il faudrait aussi me comprendre, ne pas m'assimiler gratuitement à tes petites habitudes? »

Maman se leva, en larmes; elle serrait contre elle sa bouillotte de caoutchouc, comme pour se protéger...

« Pepito, dit-elle, ma réponse sera simple; pourquoi discuter? Quand le passé pèse aussi lourd, il est impossible d'avoir un jugement calme. Tu sais pourtant que le curé de Saint-Christophe est un brave homme et qu'il est très bon. Mais toi, tu as tes souvenirs. Il faut aussi que tu saches — et je te le dis devant les enfants, puisque aussi bien toutes nos querelles se vident en leur présence, qu'ils nous connaissent mieux que nous-mêmes, que nous nous aimons tellement que nous commettons l'imprudence d'en faire nos témoins — que rien dans cette maison ne sera jamais fait contre ta volonté. Que je te chéris pour toi-même, avec ton passé. Que Roberto, Maria-Louisa, Carlos sont nos enfants, non pas les miens seulement, et que c'est eux qui nous apporteront, quand ils seront adultes, la bonne, la pacifique solution. Je vais aller corriger mes cahiers... »

Restés seuls avec Papa, nous desservîmes machinalement la table. Tant de mots meurtriers retentissaient dans nos têtes.

Je me demandais avec angoisse pourquoi Père avait tant souffert, ce que c'était qu'une péritonite, et la grande rébellion de 1911; pourquoi l'Église se faisait complice des injustices; ce que signifiait Dieu en nous et non pas dans les chapelles, que j'avais jusqu'ici trouvées rassurantes avec leur odeur d'encens, le son ouaté des voix durant les oraisons, la retenue cérémonieuse des ouailles, le nez dans de gros missels sérieux. Mémée nous menait parfois à la messe, aux vacances. J'aimais bien aussi rencontrer M. le Curé; il hantait à bicyclette routes et chemins, descendait de sa machine aux trop fortes côtes, regardant attentivement les récoltes, souriant volontiers, le profil calme, pensif. Les jours de vent, sa soutane frissonnait autour de lui; il faisait à l'horizon un gros point noir qui se mouvait lentement à coups réguliers de pédales. Il était le symbole de la modestie et de l'activité charitable. Il s'était arrêté un jour à ma hauteur, m'avait soulevé le menton avec deux doigts, sans doute pour lire dans mon âme, et m'avait dit :

« Quel âge avons-nous, mon petit ami?

— Neuf ans, monsieur le Curé.

— Mais nous avons déjà un an de retard pour le catéchisme, je crois. »

J'étais content, maintenant, d'avoir oublié de parler de cette agréable rencontre.

Comment, aussi, Père pouvait-il être né du « coït » d'un conquistador et d'une pauvre Indienne ? Ce mot neuf, redoutable, inconnu, ébranlait toutes mes facultés. Un mystère pesait sur les origines, la destinée de Pepito, peut-être sur la nôtre. Rien n'était simple comme nous l'avions cru. Pepito n'avait pas seulement vécu parmi nous. Ce n'était plus seulement notre père très aimé, c'était un dieu farouche, chargé d'années, d'expériences qui nous étaient étrangères, de malheurs et de rancunes que nous ne pouvions partager.

Cela était si vrai qu'il nous renvoya, désirant rester seul dans cette cuisine dévastée où l'eau de la vaisselle continuait à réduire dans la bouilloire sifflante ; il y avait des bouts de pain par terre et des taches de vin sur la toile cirée, usée jusqu'à la trame.

Je frappai au carreau de l'école. Je ne pouvais laisser Maman seule. J'entrai. Je la vis couchée de tout son long sur le parquet de l'estrade, les yeux fermés. Elle tenait entre ses mains jointes un minuscule chapelet rose qu'elle égrenait.

Je vins m'asseoir par terre, derrière elle. Elle me laissa installer ma tête sur ses genoux croisés et continua de pleurer.

« Tu vois, Carlos, me confia-t-elle au bout d'un moment, comment ton père peut-il penser que l'on n'ait jamais besoin du secours de la prière, si imparfaite soit-elle?...

— Maman, faut-il vraiment que j'aille à l'église?

— Je le désire, Carlos, mais vous n'irez pourtant pas, si votre père n'y veut pas consentir. Ne crois pas qu'il soit méchant. C'est un homme extraordinaire, c'est moi qui l'ai fâché. Je suis par trop entêtée; j'oublie trop souvent que sa vie est pénible, que je lui impose des règles qui ne sont pas tout à fait les siennes. Tout ce qu'il craint, au fond, ce n'est pas qu'on t'apprenne Dieu, c'est qu'on te l'apprenne mal. Et puis, toutes ces querelles, et même toutes ces joies, sont au-dessus de ton âge. »

Elle souleva ses mains croisées vers les miennes; je les recouvris, je jouai doucement avec la petite croix. Je me demandais : « Qu'est-ce que la religion? »

Nous restions là tous les deux, silencieux, à même le sol, dans un état de dénuement, de faiblesse, tel que nous n'en avions jamais connu auparavant.

Pepito ouvrit la porte avec violence et nous trouva là.

« Non, dit-il, non, je ne puis supporter cela; je ne puis supporter cette souffrance.

Mène tes enfants à l'église et relève-toi. Nous nous sommes trop aimés pour ne pas nous concéder l'impossible. Je n'ai pas le droit de t'humilier comme je l'ai fait. »

Ils se tenaient face à face, honteux, ces deux êtres que le seul contact de leurs mains plongeait, chaque fois, dans une joie électrisante, n'osaient même plus se frôler, comme s'ils avaient peur — à leur mutuel contact — de se blesser.

L'après-midi de classe se traîna lourdement. Le lendemain, qui était un jeudi, Maman ne nous appela pas auprès d'elle. Nous l'entendîmes aller et venir, ouvrir et fermer l'armoire bruyante. Nous nous levâmes pour la trouver à genoux sur le tapis, empilant dans une valise le linge de Père, son beau costume. Lui était en bas, ficelant, au garage, une série de toiles pour les expédier vers Paris...

« Enfants (elle ne songeait pas à nous embrasser), Papa va partir pour Paris chez un de ses amis qui possède un atelier. Il travaillera un peu là-bas, cela lui fera du bien...

— Pour longtemps ?

— Non, sans doute, il nous écrira... »

Nous l'accompagnâmes jusqu'au car. Il portait sa valise d'une main, tenait de l'autre Maria-Louisa. Maman marchait un peu en arrière de nous, ce qui était contraire à leurs habitudes.

Quand le véhicule rasa le trottoir devant nous, elle murmura :

« As-tu bien tout ce qu'il te faut? J'ai mis ton gilet beige entre tes deux chemises blanches.

— Merci », fit-il poliment.

Il nous embrassa, se répandit en recommandations, finalement se tourna vers elle. Ils demeurèrent un instant muets, isolés du reste du monde, dans leur commune et déchirante douleur...

« N'aie pas de peine...

— Je sais, je sais, balbutia-t-elle, tu as besoin de changer d'air, de te délivrer de moi, de te sentir libre. Tu as raison de me quitter. Mais laisse, je t'en supplie, les enfants aller au catéchisme, sans m'en vouloir. Pour le reste, je ferai tout ce que tu voudras, mon chéri, tout ce que tu voudras, même disparaître.

— Non, non, tu sais que tu ne disparaîtras jamais de ma vie tout à fait. Je reviendrai. Envoie-les à l'église, et moi, laisse-moi me débrouiller un peu pour vivre sans vous...

— Tu as raison, Pepito; c'est cela, c'est cela... »

Il considéra les lèvres, noires de fièvre, de sa femme. Jamais il ne l'avait vue si vaincue, si aimante et, pourtant, si obstinée.

Il l'embrassa sur la bouche avec emportement. Quand ils se séparèrent, ils étaient livides. Il nous fit une espèce de salut grave de la tête et des mains avant de disparaître...

Nous rentrâmes à la maison dans un silence suffocant. Nous comprenions que ce départ avait été différent des autres et que, pour la première fois, c'est nous qui en étions cause.

Maman s'accrochait à nous comme à une bouée. Nous fuyions une pensée atroce : Pepito allait-il se détacher de nous, de notre destin tranquille ?

VI

« Voyons, enfants, comptons nos billets. »

Assise au bord du lit défait, un dimanche matin, notre mère secouait, avec une vigueur emportée, une boîte à dragées de baptême rose, dans laquelle elle avait coutume de ranger l'argent de son ménage. On entendait les pièces sonner sourdement à travers le carton.

Nous ne nous quittions plus guère, depuis un mois. Amaryllis avait besoin de nous.

Le soir où Pepito nous avait abandonnés, elle avait transporté nos matelas et nos sommiers dans sa propre chambre. Le parquet portait les marques de sa violence : éraflures des meubles poussés à la hâte, cognés contre les murs pendant qu'elle les traînait, la sueur lui roulant sur la figure, avec une rage butée qui lui matait les nerfs.

Allait-elle devenir folle à moitié?

Je la suivais pas à pas, il me semblait qu'elle était ivre.

Avec le même besoin avide d'activité, elle prépara, en chantonnant d'une voix cassée, une crème au chocolat pleine de grumeaux, si sucrée qu'elle agaçait les dents. Elle nous considéra en train de nous bourrer de cette mixture qui tenait de la pâtée, avec une satisfaction amère. Elle s'en servait à elle-même des portions énormes, elle en faisait dégouliner les bavures épaisses, collantes comme une poix, au bord de sa cuiller d'étain, s'extasiant avec un plaisir rancunier :

« Elle est ratée, enfants, complètement ratée... »

Son comportement m'effrayait. Nous montâmes l'escalier, laissant la table en désordre.

Une vie nouvelle et chaotique commençait; nous allions nous amuser, nous moquer de nous-mêmes pour moins souffrir.

A la queue leu leu, Maman en tête, nous tenant par la ceinture de nos peignoirs et scandant : « La crème est ratée », nous montions l'escalier. Amaryllis avait eu l'idée saugrenue d'allumer une bougie fichée dans une soucoupe et d'éteindre l'électricité. Aussi nous voyions-nous profilés en ombres chinoises sur le mur du corridor. Nous grimpions lentement, posant les deux pieds sur chaque marche avec des haltes, nous hissant par soubresauts, mécaniquement, criquets nocturnes, soudés les uns aux autres par leurs membres antérieurs, progressant par danse rituelle et collective, défilé macabre ascendant, dernière célébration funèbre des esprits pour la mort d'un bonheur terrestre.

Face à la porte de la chambre, Mère avait levé plus haut la chandelle pour mieux voir notre fresque insolite. Elle constata :

« Oui, c'est bien ça, la famille Sanchez est ratée!... »

Nous nous crûmes obligés de rire bien fort...

Malgré le malaise de la soirée, un sentiment de sécurité, de contentement animal épanouissait les jumeaux... Privilège énorme que cette présence d'Amaryllis si proche, dans cette pièce où le sommeil serait commun, les lits se touchant presque. Nous nous croyions introduits dans son fief, admis dans notre totalité, définitivement agréés dans le cercle de sa vie. Nous rentrions de nouveau dans son ventre maternel; nous renouions avec elle le cordon ombilical. N'étions-nous pas ses enfants? Nous demandâmes quand Papa reviendrait. Accroupie sur le lit, peignant ses cheveux, une épingle aux dents, la tête penchée, avec sa chemise de nuit claire aux volants usés, elle répondit calmement qu'il reviendrait bientôt. Finalement, elle croisa les mains et nous sourit. Sans doute réussissions-nous à l'apaiser. N'étions-nous pas les fruits de cet amour qui la reliait au monde, qui lui donnait son véritable sens de créature ?

Elle éteignit la lumière et commanda : « Dormons. »

J'attendais cette minute à cœur perdu. Déjà, la chaleur de sa présence me tenait immobile, raidi de joie depuis que j'étais étendu auprès d'elle, à la place de mon père. Ses orteils griffèrent les miens dans un retournement nerveux qui lui échappa. Elle me saisit le long d'elle. Elle était couchée en chien de fusil sur le côté, les genoux pointés en sommet d'équerre. J'avais mes reins dans son giron et je tenais dans ma main une poignée de ses cheveux que je ramenais sous mon oreiller.

Je la sentais crispée, souffrante; elle geignit une fois pour se détendre et se mit à frotter sa joue contre la mienne. Dans la demi-obscurité, nos yeux se virent :

« Oh, Carlos, mon petit, j'aime tes yeux, ils sont si tendres. »

Et c'était vrai, c'était vrai que j'étais tout amour pour elle, toute ferveur fébrile et résignée. J'étais mon père et j'étais elle. J'éprouvais déjà, devant la beauté de certains objets, le son de certaines musiques, l'écho de certaines paroles, en face des deux visages rayonnants ou déchirés de mon père et de ma mère, des illuminations brèves, qui me faisaient toucher du doigt la plénitude du bonheur ou du désespoir.

Je la cernai avec mes bras. Je savais, oui, je savais qu'il me fallait profiter de cet état nouveau, de cette prodigieuse aventure entre nous deux, puisque la place était libre.

Elle parut elle-même découvrir une vérité un peu trouble, qui la stupéfiait en la ravissant :

« Carlos, comme tu ressembles à ton père; comme tu as les gestes de ton père... »

Je m'endormis accroché à son flanc, mais elle demeurait éveillée. Sans doute songeait-elle à Pepito. Elle y songeait obstinément, avec la souffrance d'une femme frustrée des habituelles caresses, de la coutumière royauté d'un amour partagé. C'est à sa douleur presque charnelle qu'elle pouvait mesurer les autres aspects de sa douleur.

Le lendemain matin, quand nous descendîmes, nous trouvâmes la vaisselle faite, la cuisine rangée, le pavé balayé. Elle nous expliqua qu'elle s'était levée vers minuit pour mettre de l'ordre. Dans la honte de son désarroi, elle avait certainement cherché à s'humilier en accomplissant, toute seule dans la nuit, ces gestes quotidiens, tenté dans cette cuisine de se mesurer avec elle-même.

Amaryllis avait dû, de nouveau, beaucoup pleurer en se contraignant à décrasser le fond d'une casserole, à rassembler les débris dégoûtants de graillon figés jusque dans l'évier, se punissant elle-même pour une faute, mais savait-elle bien laquelle?

Elle avait fini par remonter, par s'endormir, calmée pour un temps, par la vision de cette pièce nettoyée, où chaque ustensile, chaque carreau lavé attestait sa volonté d'essayer de comprendre, de se maîtriser.

Ce dimanche matin était beau. Il avait plu les jours précédents. Une aube d'été, merveilleusement claire et fraîche, avait lavé jusqu'à la transparence le paysage toujours brouillé. On découvrait, quand on était dehors, l'horizon comme à travers une vitre, tant le contour des collines et la précision d'échancrure des prés étaient nets, finement tracés. C'était le grand cisèlement des formes sous le soleil. Nous voyions même, de la fenêtre, l'herbe s'allumer sous la rosée...

Il n'en avait pas été de même le dimanche d'avant.

Mémée, assise sur sa chaise, le chapeau encore enfoncé sur la tête, le sourcil froncé, était passée sur-le-champ à l'attaque...

« Mais nous croyions que ton mari était rentré? »

Maman, le dos tourné, s'acharnait à de vains travaux, répondait, d'une voix contrefaite à force de calme :

« Mais non, voyons, je t'ai déjà dit qu'il est à Paris pour quelque temps. Il a besoin de se tenir un peu en rapport avec ses amis, de ne pas s'encroûter.

— Mais enfin, il y a déjà deux mois de cela. Il pourrait faire un saut jusqu'ici. Et puis, avec quel argent vit-il?

— Tu le connais, Maman; il se débrouille. Il partage l'atelier de Suarez.

— Je parie que tu t'es encore privée pour lui donner de l'argent.

— Mais non, tu sais bien qu'il en avait gagné ces temps-ci avec la vente de l'exposition.

— Écrit-il, au moins?

— Bien sûr. »

Ce mensonge élargissait, dans la pièce, un écho bref.

Le profil rigide de Maman, sa nuque tendue au cordeau, accusaient un effort intérieur intense, un orgueil douloureux.

Surtout, que Mémée ne puisse pas dire que ce mariage! ce mariage! était un échec. Qu'elle ne se laisse pas aller à exprimer tout haut ce qu'elle avait redouté dès le premier jour, depuis l'instant où elle avait vu surgir, derrière sa fille, le dos voûté sous un rucksack délavé, cet aventurier de Vera-Cruz qui lui avait tourné la tête; dont, malgré les preuves de bonne volonté et d'attachement prodiguées depuis des années, elle avait toujours craint une saute d'humeur, un coup de théâtre qui nous plongerait dans le chaos. Par tendresse, elle s'était contenue, s'était bornée à dire simplement :

« Tu ne me dis pas la vérité... »

Amaryllis avait sursauté, rougi jusqu'à la racine des cheveux et, tournée vers nous, faisant face, s'essuyant fébrilement les mains à son tablier, elle avait répété plusieurs fois en tapant du pied, les yeux brillants de colère, d'un ton toujours plus haut, qui atteignait l'ampleur déchirante du cri :

« Mais mon mari m'aime, j'aime mon mari, mon mari m'aime. »

Pépé avait alors toussé violemment par embarras et proposé de « ne pas se casser la tête, que, puisque Pepito et elle étaient d'accord, il n'y avait pas de quoi fouetter un chat. » Et pour changer la conversation, il m'avait fait réciter mon catéchisme.

Pépé et Mémée étaient très satisfaits de savoir que j'allais à l'église. Maman nous avait défendu de leur dire que Papa désapprouvait cela à tel point qu'il s'était enfui.

Pépé tenait le catéchisme ouvert, d'un air important, et questionnait avec tendresse :

« Qu'est-ce que Dieu?

— Dieu est un Esprit infiniment parfait.

— Bien », ponctuait-il d'un air matois.

Ce matin-ci, tout était différent. Une sorte d'exaltation, d'optimisme nerveux agitait notre mère, après des jours de prostration.

Elle ouvrit donc la boîte de baptême et je

rassemblai, en liasse de billets de cent francs, deux mille francs. Les jumeaux collectèrent la petite monnaie, douze pièces de dix francs... qu'elle me fit compter.

« Carlos, combien cela fait-il?

— Cent vingt francs.

— Somme énorme, Amigos, et qu'en ferons-nous? Foi d'Amaryllis, nous prendrons l'autocar et nous passerons la journée au bord de l'Huysne. Nous nous baignerons. »

Elle s'agitait, clignait de l'œil, tendait le jarret, comme notre père. Et je la regardais, haletant; ce mimétisme instinctif était encore un aveu de passion pour l'absent, un besoin aigu de sa présence formidable parmi nous...

« Enfants, je vais vous montrer le maillot de bain rouge, tout laine, que j'ai porté, voilà dix ans, en voyage de noces avec votre père... »

Elle radotait, maintenant toute seule, juchée sur une chaise, remuant au-dessus de la penderie des cartons poussiéreux.

Elle répétait :

« Ah, c'était le bon temps, c'était le bon temps... »

Finalement, elle plongea le bras entre une boîte longue et son couvercle, tira vers elle un pan de tricot, rouge et mou, et nous vîmes peu à peu cette espèce de chiffon reprendre forme quand elle l'agita au-dessus de nos têtes, comme un drapeau. Jamais elle ne nous l'avait montré.

« Sentez, il embaume la mer et la naphtaline. Touchez, il m'avait coûté très cher. Il est en laine « du Pingouin ». Il n'a pas bougé, il ne sera pas ridicule, c'est un maillot classique; j'ai juste un peu grossi depuis que vous êtes nés. Votre père disait, dans ce temps-là, que j'avais l'air d'un brandon allumé prêt à incendier l'eau. Pour vous, des culottes « petit bateau » suffiront. Voyons, nous n'allons pas rester tous les quatre, avec ce soleil de juin, enfermés comme des vieillards. D'ailleurs, vous avez besoin de voir de l'eau. Cette campagne ne bouge jamais. J'aurais tant aimé pouvoir vous offrir des vacances à la mer. Carlos, donne-moi deux serviettes de toilette propres, les rayées; les plus larges pour nous essuyer après le bain. Nous allons prendre le grand sac. Je vais vous préparer un bon petit repas. Il faudrait mettre de l'eau sur le feu pour faire cuire les œufs. Allez au pain, prenez une grosse boîte de sardines chez Laudier, avec la clef pour l'ouvrir, surtout. Ah! un quart de pâté de foie et un paquet de Petits Lu. J'emporte un pot de confitures. Regardez-moi un peu ce soleil; quelle leçon que ce soleil! »

Nous débarquâmes à Pont-de-Gennes sur le coup de midi.

La place était petite. La route, tortueuse

devant nous, amorçait un pont étroit, en dos d'âne. Nous portions tous quatre des espadrilles blanches à semelles de corde, nos grands chapeaux de paille et des chemises bariolées. Maman marchait tenant le sac plein, par une anse, et moi l'y aidant de l'autre côté. Les jumeaux se donnaient la main. Les villageois regardaient passer cette grande femme, dont les deux tresses liées de velours noir se balançaient au long du buste en manière de guirlandes et qui chantonnait, le regard absent, comme si rien au monde n'eût pu la déranger de préoccupations intérieures tumultueuses et obstinées.

Elle ne s'humanisait, pour ainsi dire, qu'au contact de son mari, des enfants, les siens et ceux des autres, et des spectacles naturels qui semblaient la réconcilier avec l'univers. Elle pointa une main lumineuse vers la chute d'eau.

« Regardez, regardez, voici l'eau; c'est comme si on avait trait des vaches et jeté le lait à la rivière. »

Nous nous penchâmes, avides et ensorcelés.

Dans le moulin dévasté, une roue délabrée, tournant à vide, suait des gouttes. La transparence du liquide se marbrait d'ombres élastiques et velues que je comparais, avec un frisson, à des caïmans dangereux, des lézards noirs, des rats musqués, et le soleil brassait en surface, comme le pinceau de notre père sur ses toiles, des milliers d'écailles. Il y avait partout des gouffres clairs où le ciel s'allait jeter comme dans un puits. Je m'imaginais hasardant la pointe d'un orteil dans ces taches où je me voyais englouti, et je vivais brusquement ma mort, celle de mes frère et sœur jumeaux, celle de notre mère, et le désespoir de Pepito...

Les nerfs ébranlés par son absence, je sentais naître en moi une rancune. Depuis un temps, je désirais qu'il souffrît. Ah! que nous périssions dans cette eau sauvage! Alors il courrait le long des rives, hurlerait, pleurerait, et nous saurions qu'il nous avait aimés, et nous serions ses juges. Je lui pardonnerais d'avoir quitté Maman et je lui ferais de grands signes et je lui enverrais des baisers de tendresse du Paradis. Car nous irions au Paradis, tous trois, collés aux jupes d'Amaryllis; nous y arriverions mouillés, du sable dans les oreilles et les doigts mauves de froid. Mais il y avait aussi, sur les rives de cette rivière minuscule où je me mesurais avec le malheur, des renoncules si dorées que le désir de les cueillir faisait reculer la tentation de nos suicides, me ramenait à la sérénité de l'innocence.

Nous errâmes un assez long temps le long des rives, à la recherche d'une place qui nous satisfît. Nous choisîmes une espèce de plate-forme herbeuse, de plain-pied avec la chute et que l'eau éclaboussait en passant, d'un ourlet d'écume. De là, le pont aux arches romaines limitait l'horizon coiffé de sa chape d'arbres, aux têtes gonflées par l'explosion des ramures.

Nous nous assîmes par terre, recrus de joie, sans force, comme des convives excessivement nourris au sortir d'un repas de fête... Notre mère semblait avoir oublié tout ce qui n'était pas son enchantement. Elle ôta ses sandales, se leva avec cet air mystérieux, cette majesté rieuse qui chez elle précédaient toujours des actes simples mais inattendus, d'une portée considérable pour elle et pour nous.

« Enfants, ne bougez pas, je vous le défends, mais regardez-moi. Je vais traverser la chute d'eau, à pied sur le mur de barrage. »

Nous hurlâmes :

« Tu vas tomber...

— Pfut, nous lança-t-elle avec défi, vous allez voir si je vais tomber. »

Précautionneusement, elle avança un pied, puis l'autre. Nous vîmes l'eau assaillir ses mollets, d'une caresse visqueuse. Elle s'éloigna de nous; elle nous tournait le dos; nous suivions le balancement de ses hanches, il agitait le volant de sa jupe comme un ressac. Elle était toute seule au milieu de l'eau qui se précipitait sous elle, en tumulte. Elle était loin, loin de nous, avec son amour de la vie qui était son amour pour Pepito. Son corps suivait le rythme perpétuel, alangui, d'une bouée toujours surnageante.

Elle finit par nous revenir, nous retrouver avec étonnement. Elle nous considéra en silence, avec une sorte de pitié.

« Maman, tu étais comme une fleur...

— Oui, oui, j'étais bien, je me sentais bien : ce soir, vous barboterez avec moi. Enfants, nous allons déjeuner. »

Ce repas sur l'herbe au bord de l'eau, elle voulait qu'il fût, pour nous comme pour elle, un événement marquant. Elle le pimenta de tous les artifices qui pouvaient doubler notre plaisir, notre avidité. Nous tirâmes les sandwiches à la courte paille. Elle en cachait deux derrière son dos. Droite ou gauche, sardine ou pâté. Nous hésitions, nos yeux s'arrondissaient comme des prunes noires. Maria-Louisa tira le sandwich aux œufs durs. Elle se plaignit un peu. Elle préférait le saucisson. Elle tenait entre ses doigts, avec une vilaine lippe, la double tranche de pain qui maintenait les rondelles blanches et beurrées. Elle guignait la part de Roberto. « Ce n'est pas juste », osa-t-elle dire. Maman prit ce que nous appelions son visage « encoléré » et lui administra une tape sur sa main libre. « Mange, ordonna-t-elle, c'est laid de dire ces choses, dans la vie il faut être belle joueuse. » Louisa se mit à grignoter, déconfite, désolée aussi d'avoir fâché notre mère. Mais la voyant loyalement s'empiffrer, en fin de compte, de ce qu'elle n'aimait guère, Amaryllis lui demanda tendrement : « Souris-moi, Carissima, montre que tu es belle et courageuse. »

Notre petite sœur trouva la force de rire, ses lèvres charnues largement écartées, du jaune d'œuf sec entre les dents...

« Tiens, offrit Roberto, soulevant délicatement l'une de ses tranches de pain, je te donne une rondelle de saucisson.

— Et moi une d'andouille, dit notre mère.

— Et moi, je te donnerai de la sardine », proposai-je.

Elle vint nous embrasser d'une bouche pleine de graisse.

Elle psalmodiait :

« Tiens, Robertino, un mignon pour le saucisson. Tiens, Mamamouchka, un mignon pour l'andouille. Tiens, Carlos, un mignon pour la sardine », et nous nous sentîmes très heureux.

Je dépliai ensuite une couverture pour la sieste. Nous fîmes glisser nos vêtements sur l'herbe, ne gardant, nous, que nos caleçons, Maman son maillot qu'elle avait passé sous sa robe. Elle s'étendit de tout son long, les bras en croix, offerte à la terre, au ciel, aux arbres, aux oiseaux. Elle nous prit contre elle. Tout était tiède et doux, le corps de notre mère, les nôtres, la couverture mexicaine, la lumière scintillante, atténuée pourtant par le filtrage des feuilles et la fraîcheur de l'eau. Notre groupe pacifié, à ras du sol, fermait les yeux pour s'intégrer plus profondément encore à la végétation d'alentour.

Beaucoup plus tard, Amaryllis nous fit asseoir au bord de la chute, par deux. Nous maintenant d'une poigne vigoureuse, elle nous laissa l'éclabousser jusqu'au visage de toute la force de nos pieds.

Elle consentit à être malmenée; ses tresses étaient dégoulinantes et son menton plein de boue; elle reniflait avec nous bruyamment, à cause de l'humidité. Nous jouâmes à nous lancer une balle. Mère tomba plusieurs fois par terre, s'aplatit avec nous à sa recherche, poussant des cris de volaille affolée à la découverte d'une reinette qu'elle menaça de nous jeter à la figure. Nous entreprîmes de rouler sur nous-mêmes comme des boules, accrochés par deux l'un à l'autre, nous propulsant à coups de reins. Elle m'entraîna dans une culbute échevelée qui marbrait son maillot et mon corps de taches vertes, précipitait des parcelles de sable jusque dans les replis de nos oreilles. Elle me serrait contre elle, férocement, les yeux fermés; nos efforts pour progresser nous arrachaient des « han » de bûcheron. Nous prenions le temps de nous sourire, animalement, fugitivement. Nous réussîmes à nous épuiser. D'une voix basse, lente, où toute sa douleur se renouait peu à peu, elle observa :

« Il est injuste que ton père ne soit pas là... »

Dense, lourde, suant par tous les pores un excès de vitalité, elle gisait maintenant à mes côtés, ne sachant plus que faire de ces jours et de ces nuits à venir, récolte mûre, abandonnée par les mains du maître-moissonneur...

Au retour, le crépuscule dompta notre fougue. Nous cessâmes à cause de la grisaille des choses, de la lourdeur de la nuit, de battre des mains, de nous exalter. Nous reprîmes le car, dans le plus grand calme. Nous traversions un bois de pins, et de nouveau je songeai à notre père. A voir ce bois si sombre, Pepito me parut perdu définitivement. La route aux courbes douces se mua en serpent. Une fois de plus je désirais disparaître, m'évader. Mon imagination s'égarait, devenait fantasque, j'accédais à la terreur depuis que Père était absent. Peut-être aurions-nous pu, après celui-ci, prendre un autre car, ou un train, aller jusqu'à Paris... Quartier par quartier, nous aurions cherché Pepito.

Je ne dis mot de tout cela à notre mère ; nous rentrâmes chez nous. Notre dîner fut grave.

Nous nous mîmes au lit sans chanter.

Maman s'endormit avant moi, les mains

jointes. Cette attitude de prière était nouvelle; je ne crois pas qu'elle s'adressait à Dieu. C'était, plutôt, une incantation sourde, une manière d'oraison perpétuelle, talonnante, qui s'accrochait au sillage de l'absent.

Elle devait m'avouer, après bien des années, que, toujours plus tenace, s'imposait à elle une idée cruelle : ce dissentiment religieux n'était qu'un alibi; en réalité Père, depuis un long temps déjà, avait désiré s'évader.

Ne l'avait-elle pas innocemment trahi, elle, Amaryllis Monceau, en nous voulant passionnément semblables à elle, et non à lui ? Que nous avait-elle appris de cet homme, qui ne nous avait laissé que les images occidentales d'un amoureux attentif, d'un père de famille ? A la vérité, ignorants que nous étions des puissants stigmates de son passé, nous ne le connaissions pas; nos souvenirs le figeaient dans des attitudes artificielles que nous prenions pour argent comptant.

Les jumeaux ressassaient :

« Si Papa était là, nous irions à la pêche aux grenouilles. »

Comme s'il se fût agi d'une occupation essentielle entre toutes et qui lui fût propre, pour laquelle il fût originellement fait. Et leur puérile nostalgie s'enfermait dans le regret borné des après-midi d'été orageux de l'année précédente, aux heures où le ciel bas, plombé, s'ourlait d'un soleil sulfureux qui prophétisait déjà l'incendie.

Il n'y a pas, je crois, d'animaux plus sensibles que les batraciens aux phénomènes électriques.

L'imminence du désastre affolait les grenouilles dont nous raffolions. Père avait découvert l'excellence de leur chair, grâce à notre Grand-père qui les pêchait, accommodait leurs cuisses à la sauce poulette et nous les servait en entrée, avec autant de précautions et de commentaires que s'il se fût agi d'un homard. Pepito, initié aux astuces particulières de cette poursuite, s'y livrait avec une ruse subtile, un instinct de chasse atavique.

Il faisait chaud. Rassemblés autour du trou d'eau, nous voyions poindre, à la surface trouble de la mare, les yeux exorbités des bestioles affolées par la menace de l'orage. Elles coassaient avec un cri de ventre assez affreux, clameur primitive, appel direct, interrogation fruste de leur vie inquiète.

Père hasardait sa ligne en surface; il pêchait sans hameçon, pour ne pas les blesser, utilisant pour appât une peau de grenouille tuée. C'était le meilleur moyen de les attirer. Elles flairaient cette ruine d'une sœur morte et se précipitaient dessus d'une goulée, promptes à se nourrir d'elles-mêmes comme de la plus succulente des charognes.

Nous avions la consigne de coasser sans cesse pour parachever l'artifice meurtrier. Rien n'est plus dangereux pour les bêtes que leur propre cruauté, repensée par l'intelligence de l'homme.

D'un coup sec, la grenouille projetée en l'air volait une seconde au-dessus de nos têtes. Les membres écartelés par la vitesse et l'effroi, le ventre blanc étiré, suant l'eau, elle tombait dans l'herbe.

A quatre pattes, nous la talonnions. Elle sautait devant nous, hagarde, glissait entre nos doigts. A la fin, nous l'empoignions, elle dégageait une odeur forte, son cœur battait au travers de son estomac, le goitre de son cou s'enflait en chatouillant nos paumes; sa peau acide nous entamait l'épiderme d'une légère brûlure.

« Pouah, disait notre mère, assise à l'ombre avec un tricot. Vous puez la grenouille... »

Quand nous en avions une bonne trentaine, nous secouions le filet plongé dans l'eau. Il ruisselait comme une pomme d'arrosoir. En vrac, les unes sur les autres, elles s'écrasaient presque repliées sur elles-mêmes, avec leurs dos couleur d'olive ponctués de taches de rousseur, leurs yeux dorés, fous, ardents, de monstres innocents.

Père disait :

« Faut-il les manger ou les peindre? »

Maman, avec un petit rire, conseillait : « Tu sais, l'un n'empêche pas l'autre. »

On suspendait donc à un clou, dans l'atelier, le filet contenant deux ou trois grenouilles, et Père s'amusait quelques heures à faire des esquisses. Les grenouilles de Pepito avaient des ventres féminins, l'expression obtuse d'une vie végétative et forcenée.

Après, nous les mangions. Nous assistions à leur massacre, chaque fois, avec des mouvements de recul, un dégoût hypnotique. Papa, armé de grands ciseaux, saisissait chaque bête par les pattes de derrière, la maintenait tête renversée et, d'un coup unique, profond, la fendait en deux en travers du ventre.

La bête tronquée retombait par terre, dans la poussière et une tache de sang. Il jetait les deux cuisses comestibles dans un seau d'eau. Pour finir, il ramassait, avec une pelle et un balai, le paquet de cadavres cul-de-jatte, couverts de sable, vomissant leurs intestins, et les enterrait dans un trou. Il reprenait les cuisses une à une et les dépouillait.

Dans le plat, les pattes de grenouilles prêtes à être plongées dans la friture étaient jolies, roses comme des pétales de fleurs de pêcher, avec des veines doucement bleues. Rien n'était plus appétissant. Nous les dévorions avec une tendresse singulière, en nous apitoyant sur leur mort.

Maintenant que Père était parti, fini tout cela. Et nous ne grimperions plus sur le mur bas du jardin pour le voir danser avec Amaryllis, le soir après dîner, au clair de lune. Nous fichions à côté du phono, sur la plateforme, une lampe à pétrole. C'est nous qui étions chargés de tourner la manivelle. Je tenais soigneusement appuyés sur mon ventre — pas trop — les disques en attente. Amaryllis et Pepito dansaient pieds nus, à même le sable. C'était merveille de les observer...

Ils dansaient sans art, au gré de leur amour, Père étreignant la taille de sa femme. Maman l'entourant de ses bras à hauteur des épaules. Ils chantonnaient — lui surtout —, d'un ton nasillard, l'air du tango ou de la rumba qui commandait le rythme de leurs mouvements. Père entraînait Maman, avec de longues enjambées, d'un bout à l'autre de la cour, l'immobilisait en balancements précautionneux, la retenait longtemps contre lui en roulant des hanches, sans plus soulever ses pieds. Jeu éperdu qui la faisait éclater de temps en temps d'un rire bas, livrée qu'elle était à la savante fantaisie de son caprice viril ou de sa soudaine maladresse.

Nous les suivions du regard, passionnément. Nous éprouvions leur vertige, cette sensation unique et fugitive, de reciseler leurs corps à coup de musique martelante. A mes côtés, le disque tournait, régulier, noir, mais limpide comme l'eau à la clarté de la flamme. Pour remonter l'appareil, je confiais les disques à Roberto; Maria-Louisa maintenait la boîte à musique à même la pierre et je tournais la manivelle en appuyant fortement. Je trouvais cet exercice fatigant, dangereux. Je redoutais de briser une pièce quelconque, sans oser le dire. Dans l'ombre, j'entendais Amaryllis et Pepito chuchoter. Je ne voulais pas les troubler, gâcher une seule seconde de leur plaisir. D'ailleurs, Papa finissait par se jucher lui-même sur la clôture. Il choisissait une vieille polka, les jumeaux se tenant par les mains, sautillaient; je me tenais aux jupes de Maman qui me faisait tourner en mesure et taper des pieds. Nous terminions par une farandole à quatre, Père frappait dans ses mains, poussait des « you, you » imprévisibles et stridents. Il appelait cela : « Polka piquée pour un apache... »

Son chapeau tournoyait en l'air au clair de lune; à la fin, il se mettait debout sur le mur et, tout seul, dansait avec ses reins et ses bras écartés... Il avait l'air de vouloir étreindre la nuit, la tiédeur du soir, l'ombre de la maison.

Maman le regardait religieusement.

Maintenant, dans ces nuits de veille ou de somme maladif, elle s'efforçait au calme contre moi, étendue, les pieds joints, les bras collés aux flancs. Elle enfonçait sa tête dans le plus doux de l'oreiller, sans mot dire, les yeux tragiques, ouverts. Elle devait me confesser, plus tard, combien elle avait été jalouse, comme elle avait craint que notre père s'éprît d'une autre femme. Brusquement, au seuil de mon repos d'enfant, la crispation nerveuse de ses membres me tenait éveillé. Elle sursautait, traversée d'un frisson, révulsée... Alors je l'entourais; elle redevenait immobile, le corps figé dans la fermeté de mes embrassements.

Un lundi, Père nous écrivit. Sa lettre contenait un billet de mille francs. Son silence n'avait-il donc été que d'orgueil viril?

Maman saisit avec avidité, parmi les enveloppes du courrier, celle de Pepito, à l'écriture ronde et penchée. Elle la retint entre ses doigts, nous regarda, s'assit, les jambes sciées par l'émotion. Ses mains tremblaient tellement qu'elle déchira le papier en travers, n'importe comment. Je la regardais lire. Ses yeux suivaient les lignes à une vitesse folle. Je m'effrayais de son air contrarié. Des larmes coulaient le long de ses joues, elle les buvait à mesure comme une petite fille, se mordait les lèvres. Je compris que Papa n'avait rien écrit qui la réconfortât vraiment. Les jambes coupées à mon tour, je regardais le sang disparaître de ses pommettes. En une seconde, la déception l'avait vieillie. Je craignis le pire. Pourtant je ne sais quelle espérance me souleva quand je la vis possédée enfin par la colère. Elle s'empourpra de nouveau, combative; une étincelle meurtrière armait son regard. Sûrement, Papa ne revenait pas encore, mais ce n'était qu'un contretemps, sinon elle se fût écroulée sans force sur le pavé...

La voyant tourner sur elle-même, s'ébrouer comme une sorte de lionne, j'entraînai les jumeaux vers le couloir.

Alors il se passa une chose extraordinaire...

A son tour, Maman sortit de la cuisine, avec un verre. Elle semblait résolue, sûre d'elle, comme une guerrière bien armée. Elle fit quelques pas très vite, leva le verre à bout de bras vers le soleil. Il miroita une seconde, splendeur ultime. Puis elle le jeta devant elle, contre le mur, à toute volée. Il se fendit avec une note claire, ironique.

Les poings aux hanches, elle expliqua tout haut :

« Voilà, maintenant c'est fini. Je suis une sauvage, après tout; je me guéris avec des procédés de sauvage... »

Elle tourna sur elle-même, s'assit majestueusement sur la marche du seuil, fit bouffer sa jupe autour d'elle avec coquetterie, redressa le buste, respira largement. Elle avait l'air, après le sacrifice du verre, d'une divinité satisfaite, apaisée.

Elle nous appela :

« Enfants, allez chercher la lettre de votre

père qui est sur la table, à côté du saladier; je vais vous la lire. Asseyez-vous aussi sur la marche :

Amaryllis, Amigos,

Je vais assez bien. J'aimerais qu'il en soit de même pour vous quatre. J'ai retrouvé, à Paris, Pedro qui me donne asile pour quelque temps... Nous avons eu dans son atelier la visite du Consul du Mexique, qui a semblé s'intéresser beaucoup à l'une de mes toiles ; vous savez, celle où vous êtes tous trois, Amigos, dans le jardin, avec le chat, auprès de Maman qui tricote. Il a marchandé. Si je la lui laisse pour cinq cents francs, je vous en enverrai la moitié. Il fait beau temps. Nous peignons en banlieue sur les bords de la Seine. Je vois énormément de monde... J'espère organiser une exposition vers octobre, dans une galerie de Saint-Germain. Je verrai cela. Je suis heureux de constater, en tout cas, que ma peinture est bien accueillie. J'accrocherai deux toiles au Musée de l'Art Moderne, à l'exposition des peintres étrangers... Cette confrontation se révèle bienfaisante. Je ne me sens pas diminué. J'ai fait, auprès de vous, du travail excellent.

Je suis certain, Amigos, que vous aidez votre Maman, puisque je ne suis pas là pour faire la cuisine. Envoyez-moi vos notes. Maria-Louisa doit maintenir son cahier propre, ainsi que Roberto. Je suis sûr que Carlos continue à satisfaire sa Maman.

Amaryllis, tâche de ne pas trop te fatiguer et de rester toi-même. Je désire que tu t'achètes, avec cet argent, quelque chose qui t'apporte du bien-être ou qui orne une féminité que j'aurais voulu pouvoir exalter davantage.

Je vous embrasse et vous avez toutes mes pensées.

« Et n'oubliez pas, enfants, conclut Amaryllis, repliant la lettre et la glissant cette fois dans son corsage, que votre père est un grand peintre, que grâce à lui nous allons pouvoir nous acheter de très jolis vêtements et que vous devez lui obéir parce qu'il est le maître ici. Carlos, tu prendras la pelle, mon chéri, et tu ramasseras les débris... »

Nous nous étreignîmes les uns les autres; alors, elle fut rassérénée.

« A table, ordonna-t-elle, calmée, péremptoire. D'ailleurs, à partir de maintenant, tout ici doit changer. Fini la vie facile. »

VII

Les jeudis studieux et fervents avaient commencé. Amaryllis Sanchez, née Monceau, allait s'efforcer de rendre justice à son mari, parmi nous, dût-il ne point nous revenir.

Nous débutâmes par l'étude de la mappemonde. Maman nous faisait suivre du doigt les ciselures des côtes ; nous délimitions d'un geste hésitant les continents : Asie à l'Europe obliquement soudée, Afrique à la belle tête prognathe, ne tenant que par la pointe de sagaie des monts Sinaï au manche de massue de l'Arabie, et, face à la France et à l'Espagne, les deux Amériques reliées par un fil...

Nous suivions du Nord au Sud, des Rocheuses à la Cordillère, l'épine dorsale onduleuse et commune de ces deux monstres siamois, retenus l'un à l'autre par la mince membrane d'un isthme étroit ; une terre tournante gravitait, son ventre à cru, offert aux excès d'un soleil perpétuel. Les hommes et les bêtes suaient et croupissaient à l'Équateur, les tropiques fournissaient leur contingent de chasseurs, de paysans, d'artisans, de poètes longs et secs, familiers du manque d'eau, à pigmentation épidermique ancestralement capable de résister aux brûlures des radiations ultraviolettes, durant que nous autres, notre mère du moins, et tous ceux fixés sur les territoires des zones tempérées ou froides, devenaient blancs de peau parce qu'ils s'épanouissaient à l'ombre.

Notre père, né à vingt degrés de latitude Nord, à quelques centaines de kilomètres du Tropique du Cancer, en pleine ceinture de feu, appartenait à cet ensemble d'hommes à peau cuivrée des régions chaudes, peut-être eux-mêmes venus d'Asie, et qui avaient été des conquérants : les Aztèques.

Maman avait dessiné sur le tableau la carte du Mexique. Elle me faisait fermer les yeux et répéter de mémoire :

« Le Mexique est l'État situé à l'extrême sud de l'Amérique du Nord. Le tropique du Cancer le traverse à peu près en son milieu. C'est un pays naturellement chaud sur les côtes basses, mais son relief montagneux lui permet de jouir, à cause de l'altitude, d'un climat tempéré sur les plateaux, et même froid sur les hauts sommets.

— Quel nom portent les montagnes du Mexique ?

— La Sierra Madre.
— Où se trouve Mexico?
— Sur le plateau de l'Anahuac.
— Essaie alors de me dire son climat.
— Tempéré, Maman.
— Bien. Que sais-tu des frontières?
— Le Mexique est limité au nord par les riches plaines du Texas et le Colorado. L'État de Guatemala forme sa frontière sud.
— Où est né ton père?
— Papa est né au sud-ouest de la ville de Mexico, dans le Morelos.
— Chef-lieu?
— Guarnaca.
— Mais non, mon mignon : Cuer-na-va-ca. Va m'écrire ce nom au tableau. Enfants, recopiez, tous les trois : Cuernavaca. Et répétez : Cuernavaca, Cuernavaca... Carlos, pourquoi Papa me disait-il souvent que j'étais son Popocatepetl?
— Parce que c'est le plus haut volcan du Mexique et qu'il le trouvait beau. »

Elle me sourit, une fossette creusa sa joue gauche.

« Quel est le climat dans le Morelos, Carlos?
— Presque tempéré, Maman; il y a des été chauds, des hivers froids.
— Quel est le grand fleuve?
— Le Rio de Lerma.
— Qui se jette...?

— Dans le Pacifique.
— Que cultive-t-on là-bas, sur le plateau?
— Le maïs, l'agave et maintenant le blé.
— Par conséquent, ton grand-père...?
— ... a cultivé le maïs, l'agave, le blé.
— A propos, Roberto, comment s'appelaient ton pauvre pépé mexicain et ta pauvre mémée?
— Mon pépé mexicain s'appelait Juanito. Ma mémée, Maria-Louisa.
— Comme moi, Maman, se réjouit la petite.
— Pourquoi, Roberto, ai-je dit « ton pauvre » pépé et « ta pauvre » mémée?
— Parce qu'ils sont morts tous les deux de bonne heure et qu'ils ont travaillé très durement.
— Carlos, ton grand-père travaillait-il sur ses propres terres?
— Non, Maman, il ne pouvait pas, parce qu'il était péon.
— Qu'est-ce que c'est, un péon?
— C'est un homme qui est né au Mexique, un Indien que les Espagnols ont réduit au servage quand ils ont conquis le pays.
— Ton grand-père Juanito était-il un Aztèque pur?
— Non, sa famille est métissée; comme Papa, il avait du sang indien et du sang espagnol.
— Et vous trois?

— C'est la même chose, mais nous avons, en plus, du sang français...

— Pourquoi Pépé s'est-il révolté en 1911 avec d'autres péons ?

— Parce qu'ils étaient tous trop pauvres, que les Espagnols les méprisaient et, d'une manière générale, tous les riches Blancs de là-bas, et même les métis qui possédaient les terres.

— Pourquoi Papa, ses frères et sœurs et leur maman ont-ils dû aller à Mexico en mendiant ?

— Parce que leurs patrons les ont chassés, quand Grand-père est parti dans la montagne se battre avec les troupes d'Emiliano Zapata.

— Que faut-il penser de tout cela ?

— Que nous devons prier pour nos grands-parents morts et aimer beaucoup notre Papa, qui a eu une vie terrible quand il était petit garçon.

— Et vous, pourquoi avez-vous de la chance ?

— Parce que nous habitons dans un pays où personne ne nous méprise, où nous sommes des petits enfants comme les autres.

— Et que vous deviendrez des hommes comme les autres, libres, contents de vivre et bons, partout où vous irez. »

Et nous ne demandions qu'à la croire. Pourtant le fait qu'elle nous le répétât, qu'elle scandât les termes importants : libres, contents de vivre, bons, en un mot qu'elle nous enseignât notre bonheur, m'agitait singulièrement. Je n'avais jamais supposé jusqu'alors que la légitimité de toute vie humaine, sa dignité naturelle, eussent besoin d'être défendues, fussent mises en question.

Étions-nous donc si singuliers ?

Certes, Papa était l'homme le plus bronzé de la commune. On le remarquait au milieu des autres. Parmi les visages glabres à nez long, engoncés sous la casquette paysanne des gens de l'endroit, le sien faisait tache avec ses traits lourds, ses arcades sourcilières proéminentes et cette bouche largement fendue, d'un seul jet, comme une blessure au couteau. Le sourire qui balafrait ses joues était plus large et plus éclatant que celui du maire ou de notre pépé. Nous aurions reconnu notre père entre mille, non point parce qu'il nous était étranger, mais plus proche que n'importe quel homme au monde.

Nous avions même fini par croire, jusque-là, que Pepito était né dans ce village en même temps que notre mère et nous, car les enfants s'imaginent mal que leurs parents ont eu une enfance. « Ah, disions-nous à Maman, tu as donc été petite ? » tant nous pensions former avec eux un tout, une société surgie au même instant et qui disparaîtrait entièrement à la même seconde.

Il me paraissait, en définitive, invraisemblable que Papa ait eu à souffrir de ce qu'il était. J'affermissais mes pensées en regardant les chevaux paître dans les prés. J'offrais à chacun une poignée de sucre, je m'approchais à les toucher. Je dominais ma crainte de recevoir un coup de sabot. Dans ma paume à plat, leurs babines chaudes et douces me chatouillaient. Que ces juments fussent blanches, baies ou brunes, la même bave visqueuse, la même odeur forte de cuir brut, la même douceur ombrageuse m'apportaient leur réconfort.

Je m'obstinais, rassuré. Tous ces chevaux sont les mêmes, les hommes c'est pareil. Et je m'en allais en chantant.

« Quel est le grand mérite de Papa?

— C'est d'avoir eu le courage de peindre, malgré la misère et les difficultés.

— Avez-vous des questions à me poser? »

Je n'avais, depuis leur dispute, cessé de rêver à cette merveilleuse phrase qui, au milieu du bourbier des malentendus, avait surgi de la bouche de notre père, comme une perle rare et pure : « Toi, avec ton petit chapeau de provinciale et tes grands yeux. »

La rencontre de notre père et de notre mère m'était apparue sous un jour nouveau, je l'appelais « miraculeuse », désormais, depuis que je fréquentais l'église, en même temps que je m'interrogeais avec douleur sur cet état de grâce que Pepito avait accusé sa femme d'avoir perdu...

Je me plaisais beaucoup à l'église.

L'abbé Buglot m'avait accepté au cours d'instruction religieuse, bien que j'eusse un an de retard sur les autres enfants.

Sur les bancs étroits, à l'ombre de l'Immaculée Conception de plâtre, sous la tête aiguë du serpent qui jaillissait en travers de ses orteils rosés de jeune fille, je me retrouvais, avec mes camarades d'école, dans un univers mystérieux de croyances neuves, d'hypothèses majestueuses, de solutions solennellement obscures, d'initiation patiente au bien et au mal. Rien pourtant ne m'effrayait vraiment. Une austérité indulgente, à l'échelle enfantine, faite de mots philosophiques retenus par cœur, et qui me donnait le sens mystique de la grandeur et de l'humilité de la vie, une certaine clarté brune et vernissée sur les confessionnaux, le son ténu de la clochette de l'élévation, avertissement discret au seuil de l'inconcevable, ce bruit, encore, du claquoir de la dame du catéchisme sollicitant nos agenouillements, le visage attentif du prêtre que je surprenais me regardant à la dérobée, ce rythme de discipline conventuelle et presque furtive, tout cela me seyait.

Habitué déjà que j'étais à regarder vivre les autres, à me tenir, solitaire et souriant, dans les longs corridors de l'attente humble et adorante, je continuais à traiter Dieu avec le même respect attentif que ce père et cette mère que j'idolâtrais...

Aussi ne pouvais-je comprendre l'attitude légère des galopins qui m'entouraient, leurs coups de coude et leurs rires étouffés, leurs grimaces furtives derrière la bosse du sacristain, leur enjouement caricatural de jeunes singes, importunés par les menaces d'une vie intérieure qu'ils refusaient naturellement, parce qu'ils étaient gais et n'avaient pas le nostalgique besoin de s'inquiéter d'eux-mêmes.

Je passais un long temps à regarder les images et à lire dans mon catéchisme. C'était le livre des éditions Mame. Je cherchais, intensément, sans les découvrir, dans l'humble silhouette des femmes agenouillées la tête couverte d'un voile, dans la perfection de la fleur de lis, sur la face d'un Dieu barbu, dans ce monde biblique de travail, de méditation et de vertus, les raisons de la souffrance et de la colère de mon père.

Je me mis à tenir à ce livre plus qu'à tout autre, et en même temps à le détester, parce que je le trouvais beau, réconfortant, paisible et qu'il ne me livrait pas le secret de notre tragédie.

Je rêvai, une nuit, que, l'ayant descendu de son étagère où il reposait à plat, avec sa belle couverture blanche ornée d'un ciboire d'or d'où sortait une hostie rayonnante, j'avais fait exprès de le jeter au feu.

Je tremblai de crainte et de douleur parce qu'il m'était sacré et que Maman, assise par terre, serrant contre elle une vieille chemise de notre père, pleurait sur cette perte. Mais, au fond de moi, quelque chose d'heureux bougeait. Papa allait revenir à cause de ce crime que j'avais commis.

Quand les cloches du jeudi matin et du dimanche m'appelaient vers l'église, je m'y rendais avec une sorte de gravité butée, sans parler à personne. D'ordinaire communicatif, je passais tête haute et chargée du secret le plus lourd : j'entrais dans la maison de Dieu contre la volonté de mon père; et je ne comprenais rien à cette volonté-là.

« Alors, Carlos? me demandaient les gamins à la sortie, quand est-ce qu'il rentre, ton père? Ça fait longtemps, cette fois qu'il est parti. »

Je me mordais les lèvres de honte, je répondais d'un timbre trop haut, agressif :

« Pas tout de suite. Il est très occupé à cause de sa peinture, mais il nous écrit tous les jours. »

Et j'avais promis aux jumeaux de les battre à mort, moi qui étais doux, s'ils ne disaient pas la même chose.

Cette fois, j'entrai livide au confessionnal. J'avais appris qu'il ne fallait pas mentir.

Or, depuis deux mois, je répandais le mensonge autour de moi, allant jusqu'à menacer mon frère et ma sœur de représailles féroces s'ils n'entraient pas dans mon enfer. Je m'agenouillai en aveugle, les cheveux poissés de fièvre, à mi-chemin, dans la pénombre de cette cellule étroite, entre l'évanouissement et le cri. Je sursautai, comme une bête prise au piège, au bruit de la tirette de bois coulissante poussée par le prêtre le long de la lucarne grillagée. J'avais peur. Sans doute le regardai-je avec des yeux fous. Je ne vis dans les siens que de l'étonnement et de la bonté; sa voix rassurante, connue, entama le *Confiteor*. Détendu par le chuchotement des prières rituelles et familières, les larmes me coulèrent sur la figure et je me sentis mieux. Mais, la prière terminée, je me retrouvai de nouveau face à mon angoisse.

« Mon enfant, dit l'abbé Buglot, en quoi penses-tu avoir péché? »

J'avalai ma salive et répondis d'une bouche dure, d'où le sang s'était retiré à tel point que le mouvement de mes lèvres me faisait mal : « Mon père, je mens beaucoup. » Le banc sur lequel le prêtre était agenouillé craqua, je le vis plusieurs fois battre des paupières, précipitamment. Je l'embarrassais aussi, car il se mit à tousser.

— Mais, hasarda-t-il, s'agit-il de mensonges graves ? Ou aimes-tu mentir pour rien, pour le plaisir ?

— Mon père, je dis à mes petits camarades que Papa nous écrit tous les jours et qu'il va bientôt revenir, et ce n'est pas vrai. »

Il y eut un grand bruit de soutane froissée et de banc renversé, pensai-je. Mon juge allait-il s'écrouler sous le poids de mes aveux ? Mais non, simplement il s'ébrouait. Cette fois, je le vis me regarder à travers les lattes entrecroisées, bien en face, d'un air avide.

J'éclatai en sanglots, parce que je sentis qu'il ne m'accorderait pas l'absolution.

« Mon petit enfant (sa voix était devenue vraiment chaude, amicale), il ne faut pas avoir peur, ni surtout avoir honte, maintenant que tu as eu le courage de t'accuser. Je te demande de t'apaiser et, si tu le veux bien, de m'écouter. Surtout, ne me crains pas trop, ni moi, ni le bon Dieu qui te voit comme je te vois et qui connaît ta peine, car je suis sûr que tu as de la peine et que c'est pour cela que tu ne dis pas la vérité. Tu aimes beaucoup ta Maman ?

— Oh oui, mon Père, et aussi mon Papa. J'aime mon Papa, répétai-je tout haut en regardant l'abbé avec feu.

— Mais alors, mon petit enfant, tu sais bien que je suis à la fois ton confesseur et le curé de cette paroisse, et que je connais un peu tes parents. Personne n'ignore, en ce village, que M. Sanchez va de temps en temps à Paris exposer ses toiles. Il vous écrit sûrement comme d'habitude, pourquoi t'imagines-tu qu'il ne reviendrait pas cette fois? Et pourquoi aussi te crois-tu obligé de faire croire, à tes petits amis, qu'il vous envoie une lettre tous les jours? C'est un mensonge qui me paraît inexplicable. »

A la limite de la torture, j'avouai...

« Parce qu'il n'écrit presque plus jamais, et qu'il est parti si fâché que nous pensons que nous ne le verrons plus; et je ne veux pas qu'on le sache, que l'on se moque de nous, et que Maman ait encore plus de chagrin.

— Mon petit enfant, ta maman et ton papa peuvent avoir eu une discussion légère sans que cela soit si grave.

— Ma maman a du chagrin, insistai-je, et Papa est parti en disant qu'il n'était qu'un péon, qu'il était né du coït d'un Espagnol et d'une Indienne morte de peur, qu'il n'aimait pas les prêtres et qu'il ne voulait pas que nous allions au catéchisme... »

Cette fois, le prêtre sursauta. Je savais que je l'avais bouleversé, j'étais allé jusqu'à l'extrême limite de ma sincérité. Je ne suis jamais allé plus loin, que ce jour-là, par la suite, dans ma vie d'homme.

« Ecoute, mon cher petit, et l'abbé me

regardait maintenant dans le blanc des yeux, nous allons réciter l'acte de contrition, je vais te donner l'absolution, tu diras une dizaine de chapelet pour pénitence et tu entendras mes conseils. Il ne faut pas te tourmenter. Si l'on te pose à l'avenir des questions embarrassantes, Dieu te donne la permission de répondre que tout va bien, car enfin rien n'est perdu. Et détourne la conversation. D'autre part, si tu le veux bien, je t'offre de prier chaque jour, en ton nom, pour le retour de ton père et pour la paix de son cœur. Je sais comme il vous aime tous. De ton côté, si tu t'efforces au calme, si tu essaies de devenir meilleur, si tu songes à soutenir ta maman, à être charitable et bon, si tu montres, au retour de ton Papa, par tes bonnes actions et ta bonne volonté, la bienfaisance de Dieu, tu verras qu'il en sera heureux. Tout cela n'est qu'un malentendu. Continue d'aimer beaucoup tes parents, ils ont besoin de ton amour, et sache, mon enfant, que moi, de mon côté, je vous aime tous profondément dans le Seigneur et que j'ai en toi la plus grande confiance. »

Je me mis, dans l'église, à genoux sur un prie-Dieu. J'étais comme assommé, cependant j'étais calme. De nouveau tout me paraissait simple et pur. La réponse du prêtre m'avait autant consolé, dans sa prudence, son espérance, sa charité, que celle, chaleureusement animale, des chevaux que j'aimais.

A la sortie, l'abbé Buglot me guettait. Sans doute avais-je mauvaise mine et nous sentions-nous, tous deux, secoués par cette confession. Il me prit la main et m'entraîna au presbytère. Sa servante, devant un énorme poêle de fonte, fourrageait le foyer avec des pincettes. Elle était replète et rougeaude. Pour accéder à la cuisine, il fallait descendre deux marches. Je m'y sentis immédiatement heureux, car c'était une pièce vaste et pauvre, primitive, comme on les concevait dans les maisons d'autrefois, avec beaucoup d'espace pour s'y mouvoir, pour y vivre au même rythme que celui du plein air, sans que le cœur de l'homme dût étouffer en y rentrant, et çà et là, se détachant sur la chaux blanche des murs et le rouge des pavés fissurés, des meubles strictement utiles : table, chaises, buffet, fourneau, et le seul luxe d'une fenêtre transparente, à travers laquelle le visage du monde était un buisson de lauriers palmes et les visages épanouis de trois géraniums roses. Le curé me fit asseoir et, sans commentaire, ouvrit la porte d'un placard, en retira trois petits verres, une bouteille de cassis et une boîte de gâteaux secs...

« Jeanne, dit-il, vous prendrez bien avec

nous une gorgée de cassis, cela donne des forces... »

Le petit beurre que je croquais était délicieusement sec avec, dans sa pâte croustillante, des raisins. Je buvais mon cassis; un peu de rouge devait s'installer sur le bistre de mes pommettes, car l'abbé sourit... Je me rappelle ce sentiment de bonheur qui m'envahit sous son regard. J'avais péché et je n'avais pas été rejeté, il connaissait désormais mon âme, aussi pouvais-je me mouvoir librement devant ses yeux et l'aimer désormais. Je pris congé transporté, un peu saoulé par le cassis, infiniment joyeux. Je songeais que notre père avait dû rencontrer de mauvais prêtres, mais que celui-ci était à l'image du Seigneur... Je ne sais où j'avais entendu dire que le soleil brillait pour tout le monde. C'était l'évidence même. Désormais, je fis de cette formule mon leitmotiv. Je priais souvent en ajoutant : « Mon Dieu, faites que Papa revienne puisque le soleil brille pour tout le monde... »

Je rentrai à la maison. Les jumeaux, au fond du jardin, jouaient « au pépé et à la mémée Sanchez ». Ils brandissaient deux branches souples, en guise de machettes, et faisaient voler la poussière autour d'eux. Ils allaient le dos courbé, ayant mis leurs blouses à l'envers et quitté leurs sandales pour paraître plus misérables, ils se disaient l'un à l'autre qu'il fallait se dépêcher, avant que n'arrivent les grandes pluies, s'ils ne voulaient pas mourir de faim. De temps en temps, Maria-Louisa se prenait le ventre à pleines paumes et grimaçait : « Aïe, ma péritonite, je vais bientôt mourir. »

L'effroi m'avait repris. Je rentrai à la maison. Maman, toute seule dans le grand soleil, se tenait assise, à moitié renversée sur sa chaise, vaincue. Elle avait fait du thé à la menthe, sorti une tasse et le sucrier. Un arôme délicieux de plantes vivaces cernait cette femme effondrée, c'était exactement le même que celui du breuvage que notre père aimait, qu'il absorbait dans les journées chaudes, entre deux traits de pinceaux, quand l'effort de création qu'il soutenait lui creusait des cernes sous les yeux. Il était onze heures du matin. Le car des voyageurs venait de passer, dix minutes plus tôt, et personne n'était revenu. Tous les jours, matin et soir, au bruit de trompe des cars Renault, je la voyais se dresser. Elle demeurait là quelques secondes, aussi immobile qu'une bête à l'écoute; seuls le chat, la chienne des voisins, certains oiseaux avaient cette expression d'attente si aiguë qui les rendait hiératiques, toute la vie de leur âme, comme réduite, amincie, concentrée, sur la perception du son. Puis le désespoir ravageait ses traits, les ramenait aux dimensions humaines.

Ce matin-là, il faisait si clair, si doux! Leurrée par la clémence du jour, elle avait espéré le retour de celui qu'elle aimait, plus violemment encore; moi-même, n'y avais-je pas cru, quand je revenais vers elle, d'une jambe ailée?...

J'avais envie de lui répéter ce que l'abbé m'avait dit, qu'il fallait espérer, mais j'eus conscience que je l'aurais jetée dans la plus grande confusion si elle avait su que j'avais trahi nos secrets.

Je pris sur moi de lui verser le thé. J'en goûtai une cuillerée et le petit homme que j'étais déjà, par amour pour elle, prit un visage de bébé, sourire de lait et d'innocence, pour lui dire : « Bois, Mamouchka, ma petite Mamouchka, c'est si bon. »

Elle me regarda avec passion et tristesse et se mit à sangloter. Elle avait tant confiance en moi, j'étais le seul être au monde devant qui elle pleurât jamais. Je m'assis sur ses genoux et j'entrepris de l'embrasser. Je connaissais bien le goût amer de ses larmes quand je les étanchais de mes lèvres. Je la fis boire à petites gorgées, elle reniflait bruyamment, entre chaque absorption, et me riait de tout son visage tuméfié...

« Carlos, je voudrais que ton Père revienne.

— Oui, Maman, je sais... »

Depuis ce jour, j'offris des sacrifices pour

ce retour. Je m'imposais, le soir, des problèmes supplémentaires au lieu d'aller jouer, je ne prenais plus jamais de dessert deux fois et, quand je trouvais dans les fossés un fruit tombé, je ne le ramassais plus pour m'en gaver à grands coups de mâchoire animale. Je faisais toutes les commissions de la mère Prunier. Je lui cueillais des fleurs jaunes de bardane pour guérir ses verrues.

J'avais écrit, sur une belle feuille que je tenais serrée dans mon catéchisme :

La lune blanche
Luit dans les bois.
Maman, Papa revient vers toi
Dessous les branches
Entends sa voix
Sous la ramée
Qui te dit : « Oh! Carissima
Ma bien-aimée. »

Paul Verlaine
et Carlos Sanchez.

« Enfants, avez-vous des questions à me poser?

— Maman, raconte-nous comment tu as rencontré Papa? »

La coloration de son visage me troubla. Mon excessive finesse d'enfant méditatif l'effrayait-elle ? Elle me regarda dans les yeux, puis ses traits se détendirent.

« J'ai rencontré votre papa pour la première fois à Paris, durant les vacances. Depuis un an, j'étais institutrice à Saint-Christophe. J'avais fait des économies sévères pour venir passer trois semaines dans la capitale. Je logeais rue des Ecoles, à l'hôtel. Pépé et Mémée avaient fait toute une histoire parce que j'allais seule (elle rit, au souvenir sans doute de leurs discutailleries sur l'indécence, pour une jeune fille, de dormir en chambre meublée...), mais enfin je ne leur ai pas cédé ; pensez donc, j'étais déjà grande, je venais d'avoir vingt et un ans. Je désirais aller au théâtre, visiter le Musée du Louvre, voir les expositions. On nous répétait toujours, à l'École Normale, que nous devions nous cultiver... Et puis, je vous avoue que j'avais grande envie de lécher les vitrines ; je désirais m'acheter un manteau et des souliers à la mode.

« Enfants, que j'étais sotte !... Je m'imaginais que j'étais une femme, une vraie, parce que je trottais librement sur les boulevards, avec un peu d'argent dans mon sac à main. J'aimais réclamer, dans le hall, la clef de ma chambre : « Le vingt-trois, s'il vous plaît ? — Voici, Mademoiselle. » Je me donnais alors de l'importance ; je n'étais plus Amaryllis Monceau, que tout le monde connaissait, mais une étrangère mystérieuse qui visitait Paris. Un après-midi, je musardais sur la Butte Montmartre. Je regardais les peintres avec admiration; ils avaient tous des écharpes de teintes vives, des savates éculées et des colliers de barbe. J'entrai dans une galerie. Il y avait là une dizaine de toiles. J'eus tout de suite envie d'en posséder une, n'importe laquelle : le portrait de la vieille femme indienne, celui du bébé tétant au sein de sa mère, de la femme nue sur un cheval cabré. Jamais je n'avais senti autour de moi un tel amour de la vie. Comme c'était beau! Je ne connaissais rien à la peinture, mais c'était beau, c'était comme si quelqu'un m'avait parlé, avait osé me dire ce que personne n'avait jamais exprimé pour me rendre heureuse... « Ça vous plaît? » a demandé un homme derrière mon dos. J'ai tourné sur moi-même et j'ai vu votre papa pour la première fois. En vérité, j'étais affolée complètement. Il m'a tout de suite semblé grand, immense, avec des yeux..., des cheveux..., et deux rides, allant des narines aux commissures des lèvres, qui lui alourdissaient la face..., et ses moustaches, ah! ses moustaches... »

Elle s'arrêta de conter pour nous laisser rire. J'entamai :

« Un baiser sans moustache...

— C'est comme une soupe sans sel...,

continua le chœur des jumeaux, d'un ton suraigu.

— Allons, dit Maman, je ne l'ai pas embrassé tout de suite; ça ne se fait pas; cessez de ricaner et écoutez le reste. J'ai répondu d'un air stupide : « Oh oui, c'est très beau. — Vous êtes peintre, Madame ? — Oh non, je ne sais pas tenir un crayon, je suis institutrice », et je mourais de confusion et j'avais perdu toute mon assurance de voyageuse. Alors, votre père m'a regardée dans les yeux très effrontément et m'a dit : « Vous n'êtes pas parisienne ? » A la seconde, je l'ai détesté. Cela voulait dire que j'avais l'air emprunté, que mes vêtements m'allaient mal. « J'ai donc l'air si sot ? — Non, Señorita, c'est un compliment. Vous avez l'air de vous intéresser réellement à ce que vous voyez; vous êtes sincèrement étonnée ou satisfaite; votre visage est pensif ou gai comme celui des gens simples, sans affectation... » Alors, j'ai ri, et j'ai été contente, contente... Nous nous sommes revus... Au bout d'une semaine, votre papa m'a dit qu'il m'aimait; la seconde semaine, il m'aimait encore; puis la troisième..., nous nous sommes mariés. Voilà... juste avant la rentrée d'octobre. Pépé et Mémée étaient dans tous leurs états... »

Ce qu'elle ne pouvait pas dire, ce qu'elle nous raconta plus tard lorsqu'à mon tour je devins amoureux, ce fut ces trois semaines de séduction, de poursuite, de conquête véhémente qui devaient lier ces deux êtres mis face à face par la prévoyance du hasard.

Maman m'expliqua, quand j'eus vingt ans, qu'elle avait toujours secrètement souffert du formalisme maladroit, douloureux, des gens qui « n'ont pas les moyens », comme on dit, mais connaissent les usages bourgeois, s'astreignent par amour-propre à certaines obligations, considèrent qu'ils ont un rang à tenir et meurent de confusion devant plus riches qu'eux. Chez les Monceau, on préférait ne pas sortir un jour de fête, si on n'avait pu s'acheter un chapeau de printemps; estimant que tout dîner d'invités devait obligatoirement comporter au moins deux plats de viande, du poulet, trois vins, deux desserts et de l'alcool, on ne recevait presque jamais, puisque recevoir simplement eût été déchoir. On avait peu d'amis, Amaryllis s'ennuyait souvent jusqu'aux larmes...

Elle avait connu, puis repoussé un jeune garçon qui lui parlait sans cesse du salon de sa mère et de la propriété que sa famille possédait à Pornic.

Il était premier clerc, envisageait d'acheter une charge. Elle l'avait trouvé très vite fatigant. Il pontifiait, s'imaginant qu'il la flattait : « Votre devoir d'institutrice, le sérieux de vos fonctions, l'intérêt que vous portez aux enfants qui vous sont confiés... »

Ses discours l'humiliaient. Alors qu'elle s'acquittait de sa charge de son mieux, il lui était odieux qu'il la rappelât à ses obligations, ce n'était pas là son rôle d'amoureux. Il aurait dû lui dire qu'elle était appétissante, lui voler une caresse, la chiffonner un peu. Les femmes qui travaillent comme des hommes s'attachent à ceux qui savent les rendre à leur féminité. Plus leurs tâches sont viriles, plus elles ont besoin d'être aimées. Et cet homme à ses côtés, notre père, avec son visage intense, ses yeux nocturnes et lunaires, le front luisant comme de l'airain, ses gestes libres, sa façon de marcher sans toucher le sol, sa vitalité, sa tendresse orageuse, lui avait ouvert le Paradis...

Peu de temps avant le départ de nos parents pour le Mexique, Pepito aussi nous a parlé de cette rencontre.

Je le vois encore là, solide, avec son bras gauche manquant, qu'il avait perdu pendant la guerre de 1940, après s'être engagé dans les troupes mexicaines qu'il avait rejointes clandestinement par Bordeaux; ses cheveux devenus gris, encadrant son masque extraordinaire, n'avaient rien perdu de leur nervosité abondante et fourchue. Jamais cet homme ne nous a paru infirme. Son bras droit lui restait pour peindre et serrer sa femme contre lui; il sautait les murs à pleines jambes; il était comme un lézard ayant rompu sa queue pour échapper à la main stupide de la mort et qui, l'ayant déjouée, désormais s'en moque.

« Épousez une femme comme votre mère, Roberto, et toi. Maria-Louisa, prends un homme qui nous ressemble à tous. Cela convient à notre nature. J'ai rencontré votre mère par accident. C'était une fille intelligente et bonne, tout amour à la fois et toute retenue, belle comme il convient à des gens comme nous. Pas une femme à la mode, mieux, beaucoup mieux que cela, de la vigueur, du sourire, de la chevelure, du corps, de la générosité, tout ce qui constitue le patrimoine indestructible du bonheur. Quand je l'ai invitée à dîner pour la première fois, dans une gargote, j'ai su que je l'aimerais. Elle avait le courage de son appétit. Méfiez-vous, Amigos, des femmes qui méprisent la nourriture et qui déclarent, quand elles ne sont pas malades, que la vue de la viande saignante les fait vomir. Ce sont des hypocrites ou des dénaturées.

Car femelle sans appétit
N'est bonne à rien dans un grand lit... »

« C'est connu. Or, vous tous, vous avez besoin d'amour. N'épousez que des êtres francs qui ne sauraient pas vous donner leur cœur sans vous offrir la joie de leurs sens!

Votre mère, une grande dame...! Ma conquête la plus difficile! Je ne l'ai gagnée qu'à force de ne pas ruser... Des centaines d'hommes auraient pu passer des mois à l'obtenir sans trouver le ton, celui de la vérité. Entre votre mère et moi, il y a eu tout de suite la vérité.

« Épousez une femme de bonne souche, comme elle, car votre maman est née de votre pépé et de votre mémée Monceau, qui ont vécu d'une manière timide, mais qui sont des gens de cœur. Ils m'ont accueilli parce qu'ils connaissaient, eux aussi, au fond d'eux-mêmes, le secret de la vie. »

VIII

Depuis un temps, deux cernes aggravaient le tourment des yeux de notre mère...

Elle s'éloignait de nous; elle dérivait à la manière d'une barque. Il lui arrivait, en classe, de dire les mots les uns pour les autres. Brusquement aussi, elle s'arrêtait de parler. Le cahier lui tombait des mains. Elle luttait au seuil de l'évanouissement. De l'effort qu'il lui fallait pour reprendre conscience, pour s'occuper de nous, il lui restait des courbatures de bûcheron.

Nous avions répondu à notre père, donné des nouvelles de Pépé et de Mémée, assuré que nous étions sages et ressassé que nous nous ennuyions de lui. Maman ajoutait quelques mots : Nous allions bien; elle tâchait de faire pour le mieux, le remerciait d'avoir envoyé de l'argent, espérait qu'il était satisfait de ses activités présentes. Petites phrases navrantes, dérisoires, alors qu'en son âme et sa chair, quelque chose hurlait à la mort.

Pepito nous répondait régulièrement par quelques lignes affectueuses, pour Amaryllis désespérantes...

Elle ne cessait plus de souffrir.

Pourtant, le 11 juin 1938, deux mois et sept jours après le départ de son mari, elle eut encore le courage de nous réunir dans sa classe pour une leçon du jeudi.

Je connaissais maintenant par cœur les lignes côtières mexicaines, la presqu'île du Yucatan m'était aussi familière que celle de la Bretagne, et même les jumeaux — que ce drame dépassait — montraient Mexico sur la carte avec une extrême rapidité.

Une grande flèche partant de Vera-Cruz indiquait la direction de Nantes; une autre, celle de Bordeaux. Le long de ces deux lignes divergentes, j'imaginais de fastueux navires et celui-là surtout qui avait conduit notre père jusque vers nous.

Ce matin-là, elle nous dessina, à côté de la carte, d'après le modèle qu'elle avait trouvé dans le dictionnaire Larousse, un plant d'agave. Hors de ses feuilles raides, acérées, il érigeait une tige haute et fleurie.

Nous devions savoir que notre grand-père Juanito, sa femme, leurs enfants, étaient demeurés des heures courbés sous le soleil, armés d'une machette, peinant à taillader les tiges; qu'ils en avaient extrait le suc brûlant, l'alcool, le pulqué, pour le compte de leurs maîtres de la hacienda...

Une surprise nous attendait.

La culture du maïs n'est pas tellement répandue dans nos régions d'ouest, peu ensoleillées, éprouvées par le gel d'avril. Pourtant, quelques terriens en produisent, et nourrissent leurs troupeaux de ce riche glucose sud-américain. Le gâteau de maïs ne se mange pas dans nos pays et nous n'avions jamais goûté à la millasse du Midi, encore moins à la polenta d'Italie...

Maman était parvenue, par des amis, à faire venir des environs de Toulouse deux beaux épis de maïs récoltés l'année précédente, conservés au sec, enchâssés dans leurs feuilles.

Elle les sortit de son tiroir. Nous poussâmes de grands cris. Elle en tenait un dans chaque main, comme des bougies. Ils luisaient de leurs grains ronds, si serrés qu'on eût dit, dans la perfection de leur grappe, un travail de vannerie délicate, passée au vernis jaune pour un fini plus brillant.

Nous faisions mille projets : nous les placerions en équilibre sur des bougeoirs dans la chambre; nous aurions des chandelles de farine qui ne s'éteindraient jamais. Et quand Maman nous ferait-elle de la galette?

Elle nous rappela que nous mangions souvent de la « Maïzena » et que c'était de la farine de beau, de bon maïs,

« de la farine de grappe,
« de la farine de bougie,
« de la farine de notre grand-père,
« la nôtre, celle des Aztèques,
« la farine paternelle,
« la farine maternelle étant le froment... »

Perspective enivrante! Nous déraisonnions à tue-tête, et notre mère souriait un peu.

La porte de la classe était derrière nous. Nous entendîmes marcher. Nous nous retournâmes. Notre père était là, il venait vers nous. Il avait vu la carte du Mexique, le dessin de l'agave et le maïs.

Maman laissa tomber l'un des épis sur le sol... Il se courba, le ramassa, le déposa à côté d'elle et dit :

« Tu seras toujours aussi maladroite, Carissima; heureusement que je reviens toujours. »

Pendus à ses vêtements, nous le serrions.

« Maman, Papa est revenu », chantaient presque les jumeaux...

Elle n'avait pas quitté son siège; la sueur ruisselait sur sa figure; sa face était si nue que j'en tremblais...

« Carlos, me demanda mon père, quelle est la capitale du Mexique?

— Mexico, Papa.

— Où suis-je né?

— Dans le Morelos, à Cuernavaca.

— Que cultivait ton grand-père?

— Le maïs et l'agave...

— C'est merveilleux, Carlos, merveilleux... »

Il prit un temps, se pencha vers moi intensément :

« Apprends-tu bien ton catéchisme?

— Oh oui, Papa...

— Cela aussi, c'est bien. Qu'est-ce qui t'intéresse le plus?

— L'esprit de bonté...

— Alors, tu sais, je n'ai absolument rien à redire à cette réponse-là. »

Il prit une craie rouge sur le bureau et se dirigea vers le tableau. De Cuernavaca, il traça une ligne épaisse; elle enjamba Vera-Cruz, se prolongea très loin, très haut, au nord-ouest du tableau, dans une nudité noire figurant la mer. A ce moment, la main s'arrêta, dessina un énorme cœur. Pepito écrivit dedans :

Le cœur de Pepito
est à Saint-Christophe.
Amaryllis — carissima,

puis il contempla sa femme immobile, mais tendue vers lui comme une proue, en adoration. Elle se leva sous ce regard, tâtonna, choisit, dans un brouillard, une craie bleue. En script, lentement, à peine maîtresse de ses réflexes, à son tour elle griffonna, en cercle autour du cœur :

— *Pepito, je t'assure que je fais tout ce que je peux pour que nous soyons heureux...*

— *Veux-tu continuer, ma chérie, s'il te plaît,* ajouta-t-il sous le cœur.

Sur le tableau, un énorme « *Oui* » bleu nous hypnotisa. Je me souviens que lorsqu'ils se furent rejoints avec emportement, nous les entendîmes pousser tous les deux une sorte de râle.

DU MÊME AUTEUR

Aux Éditions Denoël

JE M'APPELLE JÉRICHO.
HISTOIRE D'UNE SALAMANDRE.
LES FAISEURS DE CHANCE.
LES FEUX DE LA CHANDELEUR, prix des Libraires 1967.
LE NÈGRE DE SABLES.
COMME L'OR D'UN ANNEAU.
POUR LE PLAISIR.
LE CLOWN DE LA RUE MONTORGUEIL.
LA MUSIQUE DU FEU, *poèmes.*
L'EMPIRE DU TAUREAU.

Aux Éditions Grasset

DAME SUISSE SUR UN CANAPÉ DE REPS VERT.

Aux Éditions Ouvrières

52 POÈMES POUR UNE ANNÉE.

Impression Bussière Camedan Imprimeries
à Saint-Amand (Cher),
le 8 avril 1999.
Dépôt légal : avril 1999.
1er dépôt légal dans la collection : juillet 1976.
Numéro d'imprimeur : 991744/1.

ISBN 2-07-036812-2./Imprimé en France.
Précédemment publié par les Éditions Denoël.
ISBN 2-207-20461-8.

90980